OLHARES PLAUSÍVEIS

GREGÓRIO BACIC

Olhares Plausíveis

Dados Internacionais de Catalogação na Publicação (CIP)
(Câmara Brasileira do Livro, SP, Brasil)

Bacic, Gregório
Olhares plausíveis / Gregório Bacic. –
Cotia, SP: Ateliê Editorial, 2009.

ISBN 978-85-7480-435-4

1. Contos brasileiros I. Título.

09-05294 CDD-869.93

Índices para catálogo sistemático:
1. Contos: Literatura brasileira 869.93

Direitos reservados à
ATELIÊ EDITORIAL
Estrada da Aldeia de Carapicuíba, 897
06709-300 – Granja Viana – Cotia – SP
Telefax: (11) 4612-9666
www.atelie.com.br / atelie@atelie.com.br

Printed in Brazil 2009
Foi feito depósito legal

a Katia Gavranich Camargo (sempre!),
a nosso filho Gabriel
e a meus filhos Natália e Glauco.

– *Sumário* –

– *Apresentação* –

Algumas palavras sobre o autor e sua obra

Meu encontro com Gregório Bacic foi através do teatro. Estava dirigindo um grupo de formatura no início de 2006, no Teatro Escola Célia Helena, onde sou professor. Naquele momento, o grupo e eu estávamos à procura, para nossa montagem, de um texto que abordasse temas da realidade brasileira contemporânea. E mais do que isso, uma obra que pudesse redefinir o que chamávamos de "identidade brasileira".

Ao entrarmos em contato com o primeiro livro de contos de Gregório, *Peão Envenenado e Outras Provocações*, percebemos imediatamente que havíamos encontrado o autor e o material pelo qual ansiávamos. O espetáculo "Distrações", com dramaturgia adaptada de sua obra, partiu de três de seus contos: "Pequenas Distrações", "Vala Comum" e "Demônio

Inerte". Os dois últimos, na época inéditos, hoje compõem este seu segundo livro.

Gregório Bacic é um autor visionário, sabe como poucos revelar com precisão cirúrgica o homem de seu tempo e a realidade que o cerca. E nesse sentido podemos considerá-lo mais que profundamente político. Quando entendemos que sua obra está para além das ideologias e de seus fins é que finalmente conseguimos repousá-la no seu verdadeiro território: o das obras de arte.

Sua obra tem a dimensão de Tchékhov. E Bacic é, como este, um retratista de mão cheia. Suas personagens são realistas, dotadas de uma profunda humanidade. Ele as encontra e retira de nossa mesma vida. Algumas são medíocres, comezinhas, mas também adoráveis e apaixonantes. Outras idealistas ou sonhadoras, e, ao mesmo tempo, falíveis e patéticas.

Do grande contista russo, Gregório parece herdar também seu *leitmotiv* principal: as mais variadas formas e manifestações de mediocridade que nos assola. Para revelar nas brechas do comportamento humano, através do silêncio, aquilo que suas personagens parecem desconhecer: o gigantesco abismo existente entre nossa realidade nua e crua e a secreta utopia do autor. E talvez aí esteja a sua maior provocação.

Ruy Cortez

– Vala Comum –

Os opressores atribuem a frustração de seus desejos à falta de suficiente rigor. Por isso, redobram os esforços de sua crueldade impotente.

Edmond Burke

Um pavilhão extenso ocupado por oitenta e seis funcionários alvejados por lâmpadas fluorescentes e por um restolho de luz entrando ao longo da janela que descortina o vigésimo andar do prédio vizinho, tão próximo, que esconde os poucos relances de céu.

Sendo a janela do vizinho vedada por persianas metálicas, é possível aos dois lados atravessarem o horário comercial sem que se espreitem. Resguardam-se, assim, os segredos do lado de cá e de lá, sabem-se lá quais (talvez as belas pernas das estagiárias ou os rostos lisos, bem barbeados, que se exigem dos jovens executivos). De qualquer forma, é estratégico salvaguardar o potencial de trabalho das tentações do mundo lá fora, que, como diz o recém-importado e revolucionário programa *Productiveness rating* (poucos lá conhecem de fato o inglês), podem arruinar o mais competitivo dos desempenhos.

Sabe-se que num mundo globalizado não se pode correr riscos: a velocidade com que hoje em dia circulam as informações revolucionou a mente humana, como costuma dizer o *Chairman*, o antigamente Presidente do Conselho. Um segundo de desatenção e aí... babau competitividade!

Num primeiro momento, percebeu-se que, ao contrário do que acreditavam os administradores à antiga, o estabelecimento de *valas comuns*, tais quais esse enorme pavilhão densamente povoado, não representava ameaça, pois, ao invés de unir, dividia a turba, semeava climas velados de desconfiança, fazendo com que todos se sentissem vigiados pelo ocupante da mesa ao lado. Melhor aos ciosos de si ter a privacidade escondida nas gavetas do que esparramá-la sobre a mesa de trabalho à vista de todos. Aliás, eis nesse ponto mais uma inovação modernizante em que a empresa largava à frente das outras: as gavetas pessoais eram um bem patrimonial confiado aos empregados por mera liberalidade da instituição, a qual se reservava o direito de reassumi-las a qualquer tempo para inspeção. Contava para isso com a compreensão de todos.

E ainda por cima, o novo conceito de pavilhão *vala comum* auferia ganhos indiretos à empresa, ao desobrigá-la de investir em paredes divisórias, em cujo interior seria mais difícil controlar os acontecimentos. Ficavam também mais rápidas e objetivas (pois não havia tempo a perder) as aparições de altos diretores à porta da vala, ciceroneando visitas, às quais diziam com altivez de marechal estar ali a *brigada de choque*: cada técnico, com sua mesa e seu computador, ia forjando o dinamismo e a vitalidade dos negócios da empresa, líder absoluta naquele nicho do mercado.

Como as mesas, todas, estivessem de costas para a entrada da vala e de frente para a mesa do chefete, que observava a *brigada* com a vigilância de um inspetor de alunos, os servidores não tinham como se distrair com a presença do alto escalão e visitas, que os espreitavam pelas costas, sem se deixar ver.

Num segundo momento, concluiu-se que, mesmo estando as possibilidades estruturais da empresa *no limite*, os indicadores de produtividade técnica poderiam ser excedidos, caso a *brigada* vestisse com orgulho a camisa da instituição e não se deixasse acomodar. Nada melhor, portanto, que acirrar a competitividade interna para ver aqueles em quem a camisa teria melhor caimento.

Por um fim de semana recolheram a *brigada* ao maior hotel de uma badalada estância hidromineral, submetendo-a a um treinamento institucional – *Como vencer a batalha por mercados e novos clientes* – em cuja primeira etapa se propunham situações críticas no embate da empresa com a concorrência e se estimulavam urros dos participantes no ataque ao inimigo. Tudo pelo desenvolvimento profissional e pelo crescimento pessoal dos servidores.

Conseguiram-se urros nos mais variados timbres e alturas, merecedores do entusiasmo dos agentes de treinamento, mesmo que em alguns casos não fosse possível precisar quais urrantes o faziam como sincero grito de guerra e quais por mera catarse. A atividade foi inteiramente filmada com o fim de propiciar aos organizadores o que se chamou *Dinâmica de extrusão grupal de bramidos: avaliação individualizada*, na qual especialistas seniores da divisão de recursos humanos, liderados pelo CHRO (*Chief Human Resources Officer*, um novo conceito em chefia de pessoal), atribuíam notas a cada treinando.

A segunda etapa da programação, idealizada para consolidar o elevado espírito de agressividade institucional despertado na primeira, consistia numa dinâmica de grupo lúdico-eletrônica: bombardear num *videogame* uma aldeia infestada de inimigos, pilotando superfortalezas voadoras B-52, com alta pontuação aos que, em menor tempo, mais vítimas fizessem.

Consideraram-se estrondoso sucesso as atividades do primeiro dia, mesmo percebendo-se que parte dos treinandos carecia de melhor espírito de guerra, pois urrava baixo e não operava com destreza juvenil os comandos do *videogame*. Submeteram-se estes a sessões de terapia comportamental pró-ativa, em que experimentavam *entrar em campo* com as cabeças coroadas com louros do triunfo, satisfação que só o cumprimento das metas diárias lhes poderia proporcionar. Ao cabo, conferiram-se medalhas de bravura a todos os participantes, a título de *incentivo motivacional*. Medalhas que o CEO (*Chief Executive Officer*, antes conhecido por Diretor-geral) esperava ver justificadas em prazo fixo, no corpo-a-corpo diário da vala comum.

A única dificuldade da programação esteve na organização do pernoite, ao se tentar distribuir os oitenta e seis treinandos em quarenta quartos, emparceirando homens, mulheres e presumíveis homossexuais, sem provocar constrangimentos, disputas, recusas e diz-que-diz.

No segundo dia, um especialista em *marketing* para a infância, candidato a CIO (*Chief Imagination Officer*, cargo novo, espécie de Chefe de Criação), sentenciou com genialidade que os consumidores de amanhã já não conseguem hoje imaginar o mundo sem internet, MTV, *fast food* e novas gerações de *playstations*, de telefones celulares e de toda a sorte de controles remotos. Sentenciou que as crianças de hoje possuem o desejo de ter mais, melhor e mais rápido, o que exige desde já a criatividade do grupo para conquistar a fidelidade daquelas fatias do mercado quando adultas.

Numa outra atividade, um *workshop*, presumiu-se com os participantes o perfil psicoprofissiográfico de alguns super-heróis, tendo sido *Spiderman* e a *Mulher Maravilha* aclamados o *casal motivacional padrão* da empresa. Dedicaram-se também algumas horas ao relato de experiências individuais, do impacto das vivências do dia anterior sobre cada um, do espírito com que se chegara ao treinamento e do espírito com que se saía dele e de como se imaginava aplicar no cotidiano da empresa o inegável *upgrade* profissional adquirido.

O evento encerrou-se com o entoar coletivo de uma espécie de pop-hino individualista composto especialmente para a ocasião, em que os entoantes cantavam, na primeira pessoa do singular, as maravilhas da corporação e o esmagamento dos concorrentes.

Na volta ao trabalho, verificaram-se dois efeitos imediatos no comportamento da *brigada*: o primeiro, um despeito recíproco entre os que mais urraram e os que menos urraram, entre os que mais vítimas fizeram e os que menos vítimas fizeram na dinâmica de grupo do *videogame*; criou-se aí uma barreira intransponível entre ambiciosos e conformados, entre os que chegavam ao trabalho sedentos de um bombardeio e os que dele participariam resignados, porque, tendo mulher e filhos, como diziam, tinham que pensar duas vezes antes de se imaginarem chutando o penico.

O outro efeito foi uma aproximação silenciosa e cúmplice entre machos e fêmeas que, tendo tido a oportunidade fugaz de se conhecerem no evento, jogavam agora de se aproximar, ocupando redondamente os intervalos para o café.

Novas estratégias de *Personal management* em vigor na empresa recomendavam que se acabasse logo com essa por assim dizer *festa do pêssego* no corredor do café, quando se desenhavam climas românticos e provocativos difíceis de monitorar: homens e mulheres voltavam para seus postos de trabalho ainda flertemente impregnados (sabe-se lá o que rolou nas brechas do fim de semana!), sendo qualquer bobagem uma desculpa para que uns se dirigissem à mesa das outras a título de consulta técnica.

A fim de devolver as coisas à ordem, introduziu-se uma norma interna de conduta pela qual as consultas técnicas *face-to-face* deveriam ser previamente submetidas ao chefete através do preenchimento de uma requisição, cabendo a esse verificar-lhes o teor e autorizar, ou não, o deslocamento do requerente de sua mesa à mesa da requerida.

Apesar das propaladas boas intenções com que se justificou a decisão, a medida deu com os burros n'água: a mesa do chefete ficou soterrada por requisições propositalmente ininteligíveis. E no horário do café, entupido, fermentava uma aura de alheamento e chacota.

Sendo necessário cortar o mal pela raiz, estudou-se um arco de cenários possíveis, que ia do escalonamento do *coffee-break*, a título de *flowing improvement* (coisa de um *expert* em administração do tempo), até o cancelamento puro e simples do café. Como a primeira hipótese exigiria o concurso de um técnico em organização e métodos, cargo cujas criação, classificação e provimento demandariam meses, optou-se pelo fim do horário do café, o que não foi, contudo, aprovado pelo CHRO (*Chief Human Resources Officer*), uma vez que poderia originar no ambiente o fenômeno conhecido por *bad atmosphere*, prejudicial ao andamento dos negócios. A solução encontrada foi uma no casco e outra na ferradura: cancelava-se o café, mas presenteavam-se os habitantes do pavilhão com endereços eletrônicos pessoais, pelos quais poderiam comunicar-se entre si a partir de suas próprias mesas, sem abandonar seus postos de trabalho, permitindo-se a troca de mensagens a qualquer título, *desde que estritamente profissional e a serviço.*

Previa-se que a comunicação interna descambaria em pouco tempo de namoricos eletrônicos para relações amorosas demandantes de maior dedicação, o que se poderia tolerar, desde que em proporções absolutamente controláveis. Bem o demonstrava estudo desenvolvido pelo Ohio Media College no escritório de uma fábrica de armas, segundo o qual apenas 13,37% dos homens solteiros e 16,74% dos casados admitiam ter usado diariamente, no âmbito da empresa, seus *e-mails* funcionais para troca de mensagens pessoais de teor romântico, ocorrendo decréscimo global de 28,12% da somatória quando se pesquisavam as mulheres.

Mesmo sem conseguir entender lhufas do enunciado, decidiu-se que seriam os percentuais praticados em Ohio a referência-padrão do tolerável pela empresa, devendo ser inspecionada por técnicos da área de informática a pasta *temp* dos computadores, onde ficam arquivadas temporariamente as páginas visitadas e as mensagens enviadas pelos usuários.

Tendo sido telegráfica e em código a maioria das mensagens interceptadas no primeiro dia, encontraram os *nerds* enorme dificuldade em atinar com o seu real significado, razão por que o CTO (*Chief Technology Officer*, antes conhecido por Gerente de Computação), na esperança de conseguir estabelecer ligações, solicitou ao CHRO (*Chief Human Resources Officer*) autorização para conhecer nos prontuários a vida institucional pregressa dos servidores. O que mais o inquietava eram as palavras cifradas na comunicação eletrônica triangular entre uma jovem técnica, um senhor supervisor de operações e um supervisor-júnior mal chegado aos trinta. Comunicação velada que conferia ao trio, sabe-se lá por quê, um entorno de suspeição.

Nenhuma pista encontrada nos prontuários, a questão foi levada aos escalões superiores, onde se concluiu que o misterioso conteúdo da mensagem cifrada tanto poderia justificar plenamente a apreensão da diretoria, exigindo severas medidas de emergência, quanto poderia não ter a menor importância. Por via das dúvidas, destacou-se um agente de segurança da empresa para seguir na rua os funcionários suspeitos, tendo esse apurado que, após um breve *happy hour* no bar de um hotel próximo, em que aparentaram uma conversa murmurada e risonha, a técnica e o supervisor despediram-se e seguiram embora, um para cada lado, não se tendo verificado a presença do supervisor-júnior no trajeto. Suspeitando de estar sendo estrategicamente despistado, o agente de segurança seguiu os passos da moça até a porta de uma *mega store* de *lingeries*, “O Paraíso das Calcinhas”, em que, por constrangimento, não entrou.

O relato dessa operação, anexado ao processo administrativo em que se encontravam impressos os *e-mails* trocados, tornou o caso ainda mais intrigante à cabeça dos escalões superiores, fazendo-os se sentirem desafiados a lhe dar um *basta*, antes que o imprevisível adviesse, notadamente porque o supervisor-júnior, ao que constava, estagiara alguns anos antes numa empresa concorrente.

Enquanto se pensava contratar o serviço de especialistas em criptografia que pudessem decifrar as mensagens em código, apurou-se não haver ainda um perfeito entendimento da referência-padrão: seriam os percentuais americanos aplicáveis apenas às mensagens, ou também a seus remetentes e/ou destinatários? À mensagem ou a seus agentes ? Optou-se, então, pela ida de um técnico da divisão de pesquisas aos Estados Unidos, para conhecer *in loco* o estudo desenvolvido pelo Ohio Media College, de decisiva importância para a elucidação da dúvida.

Sendo o perfil técnico almejado para a viagem o de ter boa aparência, nível superior, experiência mínima de cinco anos em pesquisa e conhecimento comprovado da língua inglesa, além de *High Level* no *Torrance Test of Creative Thinking*, verdadeira revolução nos métodos de medição da criatividade, o único servidor em condições plenas de atender a esse traçado era precisamente a investigada, o que motivou longas discussões nos escalões superiores: por se tratar apenas de mera apuração de parâmetros, uns defendiam que viajasse a própria aos Estados Unidos, assinando antes um termo de compromisso de manter a missão sob absoluto sigilo; outros preferiram inverter as mãos de direção, trazendo ao Brasil um *expert* americano em índices de tolerância ao uso indevido dos meios, o qual equacionaria o problema com um pé nas costas, além de adestrar os *nerds* da empresa nessa momentosa questão. Outros, ainda, tendo assistido às emoções finais de um seriado de TV sobre o talento policial no trato das agruras de Nova York, defendiam o lema "Tolerância Zero", o que implicaria na demissão imediata dos três insurretos, em especial a moça, por desobediência ao *estritamente profissional e a serviço* da norma, independentemente do que estivessem ou não tramando. Além de encerrar o caso, a medida seria exemplar para os demais, que pensariam duas vezes em seus salários e planos de saúde antes de prevaricar no horário comercial.

Resolveu-se na ponta do lápis o embate entre as alternativas. Melhor de *marketing* e mais barato que enviar a suspeita aos Estados Unidos e ter de substituí-la aqui durante a ausência seria trazer o *expert* americano, mais em conta que a demissão do trio sem justa causa, que poderia desencadear ações trabalhistas e pressões sindicais, encheções de saco inconvenientes à empresa.

Para viabilizar a bom custo a vinda ao Brasil do *expert* americano, havia o compromisso de contratar um *High Security Package*, que incluía o treinamento de todos os funcionários em *como identificar, prevenir e impedir a ação de terroristas no ambiente de trabalho*, a ser ministrado pelo próprio *expert*, renomado conhecedor do assunto. Não concordou a alta direção, preocupada com arranhões à sua imagem de empresa solidamente estabelecida e à cotação de suas ações na bolsa, caso a *media* viesse a interpretar o treinamento como admissão da empresa de que se sentia iminente alvo de ataques terroristas, fato que, num país sem guerras, sem terremotos nem vulcões, inquietaria os investidores e estressaria o dólar, provocando graves turbulências no mercado.

Trocou-se a ideia de trazer o *expert* por deixar como está para ver como fica. Mantém-se em vigor a referência-padrão e fica o agente de segurança nos passos dos suspeitos, até que o fruto da observação ou algum fato novo aclare o panorama.

Em sua nova investida, à hora do almoço, o agente de segurança, munido de uma videocâmara de lapela, adquirida para a ocasião, seguiu o supervisor sênior, fazendo ampla cobertura de seus movimentos no refeitório da empresa, no banheiro, no elevador e na rua, onde esteve nos dez minutos que antecederam sua volta à catraca eletrônica.

Gravou sugestivas imagens do investigado comprando camisinhas e comprimidos para azia numa drogaria, titubeando à porta de uma *sex shop*, detendo-se num cruzamento para grudar os olhos no jornal de esportes dependurado na banca e devorando de baixo ao alto uma jovem loira oxigenada, triunfalmente coxuda e peituda, que desfilava na faixa de travessia de pedestres vindo quase em sua direção, momento em que se pôde ler nos lábios do suspeito uma exclamação muda que, apesar de decifrada com precisão pelo CMO (*Chief Marketing Officer*, outrora Chefe do Departamento Comercial) ao assistir a fita, o alto escalão considerou imprópria para registro no processo interno.

No frigir dos ovos, considerou-se que os passos do investigado, mesmo muito bem cobertos, *não agregavam valor*, expressão corrente na empresa para dizer que não serviam para nada. Justificaram-se os custos dessa ação, que requerera a compra de sofisticada tecnologia audiovisual, qualificando-a no processo como *operação investigativa com prospectiva de sucesso em exercício futuro.*

Como já se tivessem promovido dezenas de reuniões e outras tantas páginas a respeito viessem avolumando o processo interno que corria – inclusive a que transcrevia uma ligação telefônica grampeada da investigada a sua mãe, em que vagamente citava o presumível código *tepeeme*, originando um ponto de interrogação assinalado na margem da transcrição – considerou-se imprescindível eliminar os riscos de vazamento de informações. Decidiu-se advertir as secretárias, por circular interna, de que seriam sumariamente demitidas as que viessem a negligenciar o sigilo do *Processo Administrativo 17/07 – Interceptação de Mensagens Internas por Internet*, revelando ou mesmo insinuando sua existência a terceiros.

Tendo seguido adiante sem a necessária etiqueta azul de *confidencial*, em falta no almoxarifado, a ameaça foi inocentemente afixada no quadro de avisos, tornando-se do conhecimento de todos a existência do *Processo Administrativo 17/07 – Interceptação de Mensagens Internas por Internet.*

O fato pôs em alvoroço a vala comum, tendo gerado controvérsias nos escalões superiores, visto que, enquanto o CMO (*Chief Marketing Officer*) e o *Publisher* do jornalzinho interno temessem pela queda de rendimento da brigada, o CHRO (*Chief Human Resources Officer*), mais realista, preconizava o fenômeno conhecido por *pendulum result*, argumentando que, superado o impacto psicológico negativo de sentir devassada sua intimidade, a *brigada* tenderia naturalmente a ponderar a respeito, passando a admitir a violação de modo sereno e responsável, sem radicalismos, o que a levaria naturalmente à reconquista e à superação dos patamares anteriores de rendimento, conforme se poderia depreender da leitura de *The Pendulum Result in Alabama Technical Staffs*, de Jay Lee Martin e Brendan McGovern. Esse livro recomendava ainda a alocação entre os desgostosos de alguém com credibilidade, otimismo e carisma para atuar em seu seio como *fazedor de opinião*, isolando os pessimistas e entusiasmando o *staff* para o trabalho sadio.

Apurou-se que o supervisor de operações sob suspeita seria o único no quadro a reunir tais qualidades, embora condescendente, senão já totalmente comprometido, com o que se considerava *más influências*. Segundo palavras do CHRO (*Chief Human Resources Officer*), confio mais no meu cachorro que nesse cara.

Devido, então, à sua capacidade de liderança, cientificamente atestada pela equipe do CHRO, escolheu-se para entusiasmar a turba o próprio chefete do pavilhão.

Com o *stress* geral que acometeu a violentada vala comum e o vertiginoso aumento da procura do ambulatório médico, aproveitou-se o clínico de plantão para dar vazão a um volumoso estoque de amostras grátis de remédios, em sua maioria antibióticos, anti-inflamatórios, antitérmicos, antidepressivos e comprimidos atenuantes de males gástricos, estomacais e respiratórios, próprios para mascarar sintomas e devolver a *brigada* imediatamente a seus postos de trabalho.

Antes de ter a oportunidade de experimentar os efeitos do *pendulum result*, o supervisor-júnior, o que fechava o triângulo da troca de mensagens cifradas, suicidou-se no banheiro, cortando os pulsos. Informou-se a vala, lamentando o ocorrido, que aquele profissional, de grande futuro na empresa, atravessava crise decorrente de problemas pessoais que não teve a coragem de revelar às chefias, as quais o encaminhariam, por certo, às psicólogas do RH, que teriam sabido aplacar o desequilíbrio e o repassariam a algum psiquiatra do convênio médico, que viria a se ocupar de sua internação, evitando a tragédia. Dada a forma com que optara por encerrar a vida, dado também o local escolhido, acolheu-se a purgativa hipótese de que o suicida fosse homossexual – ou melhor, *gay* – tendo sido, portanto, passional ou amargurosa a razão do tresloucado gesto com que interrompera a carreira profissional.

Para prevenir-se contra as inconveniências daquela situação, em que um investigado passara dos limites, resolveu-se declarar *pro forma* prescrito o caso da troca de mensagens cifradas, encaminhando-se o *Processo Administrativo* 17/07 ao arquivo morto.

Quanto aos oitenta e cinco outros habitantes da vala comum, permanecem ainda hoje à espera do terremoto que haverá de redimi-los um dia.

– *Conto Infantil para Adultos* –

Há diferenças e deve havê-las. Tudo, menos essa podre normalidade.

Christian Morgenstern

1

Dois minutos antes da recepcionista do Dr. Spitz me dizer que podia entrar, eu já sabia que tudo estava por dezesseis quadrados. (Estranho, não? Dezesseis quadrados!... Vocês jamais entenderão meu jeito de medir o tempo!)

Não houve como evitar.

Os arredores do prédio foram completamente tomados por uma brigada de *gavnós*, cujo Comandante Pituc, gritando ao megafone, ordenava, lá de baixo, que eu descesse. Ele me dava uma última chance de rendição, após o que não se responsabilizaria pelas consequências. Como não sou de me curvar diante dos *gavnós*, corri à janela e gritei um palavrão melodioso e provocativo, desafiando-os a vir me apanhar se tivessem coragem.

As pessoas na sala de espera incomodaram-se com a grosseria. Logo eu, que parecia tão bonzinho e de família tão bem-educada. Não sabiam que os *gavnós* já escalavam como insetos as paredes exteriores do prédio e logo alcançariam a janela do consultório no vigésimo andar. E vejam o que são as coisas: não era a catástrofe iminente, não era o destino delas próprias e de seus filhos o que as incomodava. Era apenas meu palavrão.

Mas eis que, antes de o inimigo nos alcançar, o inesperado rompeu brutalmente o curso dos acontecimentos: minha mãe agarrou-me pelo braço, arrancou-me da janela e deu-me um tapa no rosto. Quis gritar com ela, espernear, mas a ameaça de uma nova bofetada calou-me. Tão trágica e certeira a providência, que os *gavnós*, assustados, trataram de bater em retirada. Como sempre, foram-se apagando e desapareceram.

2

O Dr. Spitz não me leva a sério. Sempre lhe respondo que estou bem, mas ele não acredita. Levanta-me a pálpebra na esperança de flagrar no branco de meu globo ocular a prova de que necessita para diagnosticar-me uma demência (quem sabe, a síndrome de Huntington. Ou a de Pick. Ou a de Creutzfeldt-Jacob! Ou a de Asperger. Ou a de Savant. Ou – por que não? – apenas déficit *de atenção*, que no meu caso alguns consideram *de vergonha na cara*). O doutor acredita que, mais cedo ou mais tarde, alguma de minhas reações intempestivas cairá no alçapão de sua ciência. E procura. Como não acha nada, continua tentando: examina minhas mãos abertas suspensas no ar e experimenta em meu joelho seu divertido martelinho metálico, que me faz reagir sem querer. Declara à minha mãe (metida a entender das coisas) que não há sinais de Babinski ou de Chaddock sem disfunção piramidal aparente. Duvido que mamãe saiba o que é isso, mas o "não há sinais" dito pela ciência a deixa aliviada. A cada médico especialista que me leva, vai à procura ansiosa de um não-diagnóstico que nos faça escapar de tudo até não dar mais.

Por vias tortas, mamãe tem razão. De que servirá um diagnóstico? Para as pessoas saberem que sou isso ou aquilo e se sentirem hipocritamente justificadas? Para dizerem que tinham razão, que não regulo bem, que sou retardado? Para impedirem os filhos de brincar comigo? Para se queixarem na escola do doido que corre atrás de suas filhas e lhes puxa os cabelos? Para me acusarem de atrapalhar as aulas e prejudicar o rendimento da classe? Para colocarem em mim o carimbo de que não sirvo para viver em sociedade? Para perguntarem a mamãe se não seria melhor matricular-me numa escola assim dita especial?

Se querem saber, não tenho nada. Meu único mal é ser diferente.

3

Descubro em mim um espaço interior pleno de abstrações. Procuro ocupá-lo com algum sentido de concretitude. Imagino ruas movimentadas; não percebo ainda o que se desloca ao longo delas, se pessoas ou veículos, nem me detenho no que dizem as placas fixadas nas fachadas e nos postes de sinalização. Não me lembro de ter visto *outdoors*, porque não gosto deles. O que me importa é a ampla visão de um feixe de ruas imaginárias cortando o espaço colorido no sentido de todos os pontos cardeais. Sinto a necessidade de dar nomes às ruas e às praças, de mapeá-las mentalmente e de não me esquecer jamais de como está organizado o espaço.

A praça central, amarela, se chama... Praça Amarela. Para lá afluem os ônibus, porque gosto deles. Como transportam de uma só vez muito mais gente que os táxis, brincam melhor com o mistério de para onde vão as pessoas. Elas chegam juntas, mas vão para lugares diferentes. As oito ruas que vão à Praça Amarela são, no sentido horário, as avenidas Norte, Nordeste, Leste, Sudeste, Sul, Sudoeste, Oeste e Noroeste, sinalizadas para que nenhuma criança que se perca no centro da cidade não saiba voltar sozinha para casa. Os ônibus, por isso, têm cores diferentes, associadas à principal avenida que percorrem e aos bairros de onde vêm, bairros que, aliás, têm os mesmos nomes das avenidas, precedidos de Vila os que começam com N, de Jardim os que começam com S e de Parque os antepostos Leste e Oeste.

Tenho a impressão de ter visto algumas peruas *van* esverdeadas avançando pela Avenida Leste rumo ao Parque Oeste. É um bom sinal: os bairros não são ilhas isoladas, se ligam entre si; as atividades urbanas os aproximam.

A cidade cresce em minha cabeça e seu mapa é um emaranhado de ruas retilíneas que se ligam a praças curvas. A ordem geométrica é tão certa, impecável, que sinto vontade de mudar tudo, de deixar a malha urbana se expandir desordenadamente, senão me perderei na mesmice de suas ruas. O diferente é necessário, mas ainda não consegui abrir mão de uma certa ordem primeva, que se vai desfazendo lentamente, à medida que as cores e as formas ocupam o espaço.

Decido batizar de Alameda das Diferenças a via que leva ao estádio de futebol, em cujo gramado, a partir da noite da próxima quinta-feira, se dará pela eternidade o Clássico dos Diferentes: o Cacique de Vila Nordeste *versus* o Poejo do Jardim Sudoeste. Diferentes por excelência, porque nordeste e sudoeste se antepõem como polaridades do mesmo eixo.

Em poucos quadrados de tempo, criei e já domino os itinerários cromáticos de oito linhas de ônibus. Os que vão ao campo de futebol, por exemplo, saem da Praça Amarela para o Jardim Sudoeste, entram na rua Vanessa, que acabo de criar em louvor a uma bela mulher de 14 anos de idade, irmã de uma amiguinha da escola, dobram à esquerda na rua da Multiplicação dos Pães, onde ficam a padaria, a sorveteria e o colégio, e avançam por ela até quase os limites da cidade, onde atravessam a ponte sobre o rio de águas azuis que inventei agora e deslizam até a praça em frente ao Estádio Chico Mangaratiba. Dou-lhe este nome em homenagem ao maior artilheiro da história do Poejo, cuja biografia, aliás, providenciarei em breve; talvez ainda hoje, no caminho de casa, ou amanhã, quando estiver novamente no caminho da escola.

4

Adoro a escola porque tem um pátio enorme onde posso correr como um cabrito montês, uma lanchonete abarrotada de minhas balas prediletas e um bebedouro d'água no qual molho o beiço todos os dias, a caminho da escadaria da entrada para a sala de aula. Antes de chegar ao bebedouro, dou três pulinhos diante da porta da enfermaria e saio em diagonal para as redes do gol do fundo da quadra aberta de futebol de salão; faço isso em exatos 35 passos. E aí, sim, sigo em 18 passos para o bebedouro, sempre com o cuidado de chegar com o pé esquerdo. Levo um quadrado para cumprir a rota.

Que parece loucura, parece. Mas há método nela. Só os adultos e as crianças que se comportam como adultos não percebem. Ninguém pode imaginar que eu, o caótico eu, tenho no itinerário que se repete um exercício sistemático de organização. Sim, foi assim que aprendi a me movimentar no espaço da escola: construindo um caminho estreito e seguro da porta da enfermaria à sala de aula, sem dar um passo sequer na área controlada pelos *gavnós*.

Os *gavnós* surgiram faz tempo, aos meus cinco anos de idade. Fui eu próprio, aliás, quem os criou. Promovi um deles à chefia, o Comandante Pituc, que diz a todos eles o que fazer, porque só sabem ser mandados.

Como não falo deles para ninguém, as pessoas me veem ralhando, xingando-os com os piores palavrões (aqueles que meu avô falava pelos cotovelos), mas não fazem a menor ideia do porquê. Acham uma grande falta de educação um pirralho como eu gritar em público coisas que lhes ofenderiam a moral e os bons costumes.

Não quero ofender, nunca quis, mas também não aceito que se metam em meu imaginário, que, agitado às vezes pela inquietude de minhas próprias crias, me faz explodir. Está certo que não falo a ninguém dos *gavnós*. Mas e se falasse? Por acaso deixariam de me considerar maluco? De que me adiantaria dizer-lhes do esforço que faço para preservar esse meu mundo interior, para não deixar vazar absolutamente nada de minhas invenções e da enorme responsabilidade que sinto pela existência daquelas criaturas.

Os *gavnós* vivem de lutar contra mim, mas jamais me destruirão. Sabem que precisam de mim para existir e para justificar sua existência. Se eu der com a língua nos dentes sobre isso em casa, no pediatra, na escola, na psicoterapeuta, na psicopedagoga, no psicanalista, na neurolinguista, no neurologista, sei lá onde mais, estarei condenando à morte minha invenção.

Por causa de meus gritos com os *gavnós*, um vizinho incomodado, contabilista viciado em casas de bingo, disse a mamãe que meu mal era esquizofrenia catatônica, parafrênica ou residual – não sabe qual – e que, se não tratasse de medicar-me enquanto era tempo (está cheio de remédios na farmácia), eu viraria um sujeito definitivamente esquisito, inapto a conviver com as pessoas normais. Tão interessado em ajudar a solitária mamãe a salvar-me para o mundo, dispôs-se ele próprio a subvencionar as drogas redentoras.

Ainda bem que mamãe nunca embarcou na dele.

Agora, vocês devem estar-se roendo de curiosidade pelos *gavnós*. Pois não vou contar aqui quem são nem o que fazem. Digo apenas que lhes dei esse nome quando tio Dimitri, casado com uma das irmãs de mamãe, me contou como se fala *merda* em russo: *gavnó*.

5

Acaba de entrar no ar a Rádio Jupira, que leva este nome porque gosto da rua em que mora minha avó. É a única emissora que toca as minhas músicas preferidas, as instrumentais sem repetição. Mas só as que se encaixam em minha mente como peças de um quebra-cabeça e me acalmam. Uma depois da outra (sou eu quem faz a seleção e as assobia baixinho). Melhor ainda é o noticiário das cinco da tarde. Não sei as últimas notícias do país, mas não preciso delas. As notícias da cidade, que criei neste começo de tarde, suprem todas as necessidades de informação dos ouvintes da Jupira. Refiro-me às de um governo municipal que não faz bobagens, sério e pontual no estabelecimento de serviços públicos que agradam a todos. O prefeito comporta-se como um estadista; o conselho municipal antecipa-se aos problemas do dia-a-dia, além de consumir o melhor de seu tempo tendo ideias. Isso: tendo ideias. A mim, cumpre inventá-las pelo conselho e noticiá-las pela Jupira.

Duas esquinas antes de chegar em casa, levo ao ar a programação esportiva, com notícias do Cacique, do Poejo e de mais três clubes que acabo de inscrever na federação: o Boreal, o Austral e o Atlético Clube do Jardim Universo, bairro que cogito situar quase fora da cidade, bem depois do estádio, numa área até há pouco reservada para a base de lançamento de foguetes. Tive que abandonar a ideia de lançá-los, porque isso chamaria a atenção do mundo sobre minha cidade. E, se há alguma coisa que não quero, é despertar a inveja e a cobiça das nações poderosas.

A poucos quadrados da esquina da rua de casa, entrevisto o Comandante Pituc sobre a mais recente e frustrada tentativa de ocupar com suas tropas os estúdios da emissora. No exato momento em que ponho os pés em casa, suspendo a programação ágil e sussurrada da Jupira. Jogo no mesmo canto de sempre a mochila (fora do alcance dos *gavnós*), respondo às perguntas habituais de mamãe sobre como foi a tarde na escola e avanço para o banho. Sob o chuveiro, a visão panorâmica da cidade me assoma, como o *long shot* inicial de um filme em que, de cima do telhado de um sobrado alto, se vê o pôr-do-sol no horizonte e o anoitecer na rua.

Percebo que na primeira noite da história da cidade pouco me dei conta das pessoas que a habitam. Quem são? O que fazem? Ainda não sei responder a essas perguntas e, aliás, nem sinto a necessidade de fazê-lo. Eu próprio não sei quem sou nem o que virei a fazer um dia. Parece-me que o simples estar vivo é o que basta. Por ora e para sempre. Nada que eu venha a ser um dia poderá ser mais importante que estar vivo. E todos em minha cidade estão vivos. Não precisam mais que isso. (*Cidade Viva*. Seria este um bom nome?) Precisam apenas de uma linguagem, de algo diferente como eles próprios e seu espaço. Com urgência, preciso dar-lhes de presente um idioma, uma língua que só eles falem, o ponto máximo da expressão de sua cultura.

Surge minha mãe e me faz sair do banho para a toalha. Ela diz algumas coisas às quais não presto atenção. Saberei depois que um bilhete da supervisora da escola queixa-se de meu mau aproveitamento, por não atender, não anotar, não ouvir, não respeitar, não cumprir, não obedecer, não me comportar e diversos outros verbos na negativa. Mamãe me pergunta onde tenho a cabeça. Não respondo. Após uns sete ou oito quadrados de longo e ausente silêncio, pergunto a ela o que é a vida. Responde-me que a vida é um presente que Deus dá às pessoas mas que só as que tiram boas notas na escola merecem.

Enquanto visto as roupas que mamãe me repassa, penso no que diriam sobre a vida os moradores de Cidade Viva.

Para ajudá-los a responder, crio na hora algumas palavras e estruturas linguísticas, ainda pobres, mas com a vantagem de ser mecanizáveis com facilidade. Noto que sou capaz de guardar de cabeça quatro ou cinco frases de um idioma estranho, oportunamente inventado.

Durante o jantar, meu livro mental de conversação em *vivês* já deve ter alcançado dez frases perfeitamente inteligíveis em qualquer bate-papo entre mim e os viveses. Já é possível aos habitantes explicar uns aos outros onde fica (*bro stat*) e como se vai (*kanes iti*), como enfim se movimentar na cidade. Sinto em Cidade Viva um inegável crescimento coletivo, ajudando as pessoas a se entenderem, ocuparem racionalmente seu espaço e serem felizes.

Digo à queima-roupa a minha mãe que acabo de inventar um idioma. Ela corta meu ímpeto como um facão afiado. *Zás-trás!* Inventar o quê?!... Um idioma?!... E quem vai falar isso?... Viu o bilhete que veio da escola?... Larga de bobagem e vai estudar, que dá mais certo.

6

"Vai ver o que esse menino tem; ele não é normal, não percebe?" Eis a frase que minha mãe mais ouve. Frase carregada!... Como *ele não é normal*, ele não é igual a *nós, normais*. Então ele é estranho. Logo, tem de ser levado a alguém que descubra como ele é. E, de preferência, o conserte. Os psiquiatras, por exemplo. Eles têm remédios poderosos, capazes de me deixar funcionando horas e horas em marcha lenta. E essa pergunta – *não percebe?* – é muito cruel. Supõe mamãe uma tola desatenta, que não sabe distinguir.

Ela sabe distinguir. Foi ela quem, aos meus 5 anos de idade, mais ou menos quando surgiram os *gavnós*, percebeu minha habilidade com os números, meu domínio das dezenas e centenas, minha facilidade em somar de cabeça e de bate-pronto cem mil furos acima da média das crianças de minha idade. Sempre considerou isso um fato extraordinário muito positivo, mesmo que as psicopedagogas dissessem, como diziam, que se tratava de uma capacidade a ser desestimulada, que nada mais era do que pura decoração, pois ao mexer com aqueles números eu não tinha a menor ideia do que estava fazendo. Tratava-se, certamente, de um caso de distúrbio dissociativo de conduta associado a exibicionismo induzido, que, sem tratamento adequado, poderia transformar-se em paranóia narcisoide e até em agorafobia sem pânico. Não, não estavam fechando um diagnóstico – diziam – porque isso não era com elas, mas sua experiência no trato de crianças diferentes apontava para essa quase certeza. Que me levasse já a um psiquiatra.

Nunca expliquei a ninguém esse meu talento com as contas, porque nunca o tive como tal. É apenas algo que faço com a mesma facilidade com que respiro. Visualizo blocos de tamanhos e de cores diferentes, a que atribuo intuitivamente valores. Ao juntá-los, o todo ganha uma nova dimensão e uma nova coloração, que traduzo num valor maior.

Entenderam?... Não sei explicar de outro jeito. A bem da verdade, levei muitos quadrados até entender que não é exatamente assim que a cabeça dos outros funciona e que o *esquisito* sou eu. Chocou-me saber que as pessoas não sabem operar com blocos e cores que, aliás, nem visualizar conseguem.

7

Hoje, fui de uma racionalidade incrível na escola. Recusei-me a montar na prova algumas somas e multiplicações. Preferi ir direto ao mais fácil, os resultados. Não era isso o que queriam? Não. Fiz um escândalo quando me disseram que só sairia de lá com as tarefas prontas, isto é, as contas montadas. Tive de permanecer na sala de aula durante o intervalo e disse dois ou três palavrões.

Na hora da saída, corri atrás de duas amiguinhas. Caímos. Foi engraçado, achamos (sim, elas também). Mas, pelo visto, não agradei às mães delas. Outra vez. Antevejo queixas delas à escola (coisas do tipo *não admito que esse doido ataque minha filha*) e queixas da escola à minha mãe (coisas do tipo *infelizmente, não temos como nos responsabilizar...*). Mas o que antevejo é para amanhã, e amanhã é futuro. Por ora, as adultas fariam muito bem se deixassem as coisas por nossa conta, minha e de suas filhas. Sabemos nos resolver com talento, diversão, carinho, amizade e compreensão.

A Rádio Jupira transmite hoje excepcionalmente, na volta para casa, uma reportagem especial em que a diretora da escola, Professora Salete, encostada na parede por nosso repórter, jura que sou bem-vindo às dependências daquele estabelecimento de ensino e que, a despeito das pressões que sofre de alguns pais, nada tem contra mim. O repórter entrevista em seguida Vanessa, a bela mulher de 14 anos, que me considera um dos melhores alunos, senão o melhor, que passaram por aquela escola. Recomenda aos professores que pouco esperem de mim do que esperam dos outros, de vez que, além de muito inteligente e charmoso, sou também por demais ocupado com os destinos de Cidade Viva e da Rádio Jupira, esta que vos fala.

A reportagem especial, por ser mesmo murmuradamente especial, se estende quase até a porta de casa, quando agradeço a atenção dos ouvintes e, para aqueles que me acham louco, anuncio o novo bordão da emissora: *Rádio Jupira. Só quem ouve não pira!*

Saio do banho e me enxugo. Estranho que mamãe não me venha trazer a roupa. Pelado mesmo, saio pela casa à procura dela. Mal ponho os pés na sala, a encontro solene, olhos grudados na televisão. Sua voz embargada me informa que o papa acaba de morrer.

Não posso deixar de noticiar o fato em edição extraordinária, para absoluto pasmo de minha mãe, que me vê agitado, silencioso, movendo os lábios como metralhadora. E pelado. A cobertura dos acontecimentos é longa. Já nem sei quantos quadrados de tempo. Relato o acontecido (conforme vejo na TV com o canto dos olhos), entrevisto especialistas invisíveis (um agente funerário e um coveiro), especulo sobre quem será o novo papa (o padre Adílson, quem sabe!). É muito tempo. O bastante para mamãe acreditar que entrei em estado de choque ou que enlouqueci de vez.

8

Para que não venha a me tornar um adulto amargo, o Dr. Spitz planeja arrancar-me logo desse transtorno obsessivo compulsivo, dessa introversão esquizofrênica, dessa incapacidade neural de reconhecer limites. É uma pena uma criança tão cheia de vida como eu não conseguir viver a infância como se deve. É preciso que eu seja como as outras crianças, que brinque com os mesmos brinquedos, que veja na TV os mesmos cartuns, que opere os mesmos controles remotos, que arrebente o mundo nos mesmos *videogames*, que ouça as mesmas músicas, que coma os mesmos *burgers* e beba o mesmo refrigerante. Só assim poderei aspirar a um futuro vitorioso, de felicidade e sucesso.

O Dr. Spitz encontrou no aparvalhamento de mamãe com os acontecimentos de ontem o espaço propício para dizer que agora basta. A ciência, diz ele, já é capaz de diagnosticar psicose maníaco-depressiva até em crianças com menos de dois anos de idade. E trata. Por que, então, haveremos de condenar esse pré-adolescente (eu!) a ficar à margem dos progressos da humanidade? Antes tarde do que nunca! É chegada a hora de prescrever-lhe um tratamento medicamentoso de ponta, última palavra dos laboratórios, eficiência comprovada no combate a todas as neuroses. Tiro e queda. Sem contraindicações.

Estou agora em meu quarto. Acabo de ingerir a primeira colher das de chá da emulsão que me conduzirá a uma vida de moderação e conformismo. Sou assaltado pela visão alta de Cidade Viva. Está escura. Muito escura para uma tarde que ainda não caiu. As ruas estão vazias. Logo mais à noite, uma quinta-feira, deveria acontecer o primeiro Clássico dos Diferentes, com transmissão pela emissora a qual só quem ouve não pira. Mas sinto o ânimo escassear. Não conseguirei irradiar. Já não localizo lá longe a ponte que leva ao estádio. Quanto mais o próprio estádio. Vem-me um desinteresse crescente que toma conta. Recolho o olhar e deparo mais para o centro da cidade com um tênue sinal de vida moribunda.

Parece um bando de andarilhos errantes abatido na calçada, na esquina da avenida Noroeste com a Praça Amarela. Meus olhos estão-se apagando. Não consigo mais enxergar nem tão perto, mas tenho a vaga sensação de que os corpos que caem ao chão são os do Comandante Pituc e seus *gavnós*.

– *Plausível* –

O que passou e o que está por vir estão, ambos, recobertos pelo pó e pelas ruínas amorfas do esquecimento.

SHAKESPEARE

COMO PODE VER, meu caro, o cenário de hoje é completamente outro. Diria mais: é seu, completamente seu.

Se surjo aqui em seu gabinete tantos anos depois, se desponto novamente diante de você e minha desagradável presença lhe corrói a espinha, faça valer sua autoridade para me pôr fora. Se há coisa que não discuto, são ordens, ordens superiores, porque inferiores não existem; se vindas de baixo, não passam de pedidos, quando não de lamúrias ou implorações, como as que fazem os despossuídos nos cruzamentos da cidade: carecem de autoridade.

Você sabe que não cedo aos fracos, como, em outros tempos, não cedi às suas próprias fraquezas. Mas não hesitaria hoje em cumprir suas determinações, fossem quais fossem.

Surpreso? Não há por quê. Continuo tal e qual.

Mesmo nas circunstâncias adversas que no passado nos pautavam os caminhos, sempre fui homem de caráter reto, íntegro, conhecedor de minhas responsabilidades, cumpridor de meus deveres profissionais. Ético, como se diz. Por mais que meu trabalho trilhasse o limite das resistências do outro, sempre cuidei de não transpô-lo. Você é testemunha disso. Espero que tenha tido, em nossos encontros distantes, um minuto de lucidez para comprovar o que digo.

Continua surpreso? Não há de ter esquecido a face humana de minha conduta, pois seria como ter perdido no caminho o ponteiro imantado da bússola que norteará, agora, esse reencontro.

Sim, já sei. Você alegará falta de estrutura, falta de condições psicológicas ou de sei-lá-o-quê. Talvez peça um tempo para respirar profundamente e deglutir o absurdo deste encontro. Mas a vida, ela própria tão absurda, não reconhece as preparações prévias. O que vale é estar pronto. No passado, você esteve pronto. Esteja também agora.

Reveja os caminhos percorridos entre as circunstâncias que eram antes e as que são agora, entenda que os tempos não são exatamente outros, que o mundo avançou para permanecer o mesmo.

Complicado? Qual nada! Tudo ficará mais fácil nesta sala se admitir a ideia de que aquele não era exclusivamente o meu tempo e nem este exclusivamente o seu. Nós é que pertencemos ao tempo e só sobreviveremos se formos capazes de aceitar a odiosa interdependência que ele nos impõe.

Difícil? Posso ajudá-lo, se quiser.

Lembra-se do prazer insano que espocava em meus olhos quando lhe esfregava no rosto a sua própria tragédia? E da assustadora naturalidade com que lhe negava as necessidades mais elementares? E do sono impedido das noites, que já nem mais se sabia se eram? E do sorriso tétrico com que apertava o parafuso, tornando-lhe o espaço cada vez mais exíguo? Você dirá que era de pura barbárie a satisfação que me causavam as sessões de afogamento e os choques elétricos que lhe percorriam a alma. Lembra-se? Claro que sim. Pois lembre-se também da precisão com que eu interrompia a tarefa para não exceder limites.

Eu não queria sua vida, queria fatos. Por perceber isso muito bem, por estar certo de que um homem como eu jamais o despacharia para um destino sem volta, você resistiu o quanto pôde, recusou-se a me dizer o que sabia. E não me venha agora contrariar a tese, não me venha com heroísmos pós-datados: qualquer coisa dita que não seja isso me soará como mera bravata.

A seu favor, convenhamos que lhe teria sido muito fácil livrar-se dos maus-tratos infligidos. Sim, apenas *maus-tratos*, esse é o nome; qualquer outra denominação pavorosa será fruto de uma ótica parcial e viciada dos fatos. Mas, como dizia, bastaria admitir tudo, o que era e o que não era, porque saberíamos, de nossa parte, separar o joio do trigo. Mas não. Persistiu. Pois acabou salvo por um desses milagres que acontecem tão repentina e pontualmente que não se sabe o santo. No gabinete ao lado, alguém não suportou o rigor dos métodos: confessou. E você saiu impune por quase nada ser na ordem dos acontecimentos.

Sugeriram-me que lhe desse sumiço, como fizemos com tantos outros fardos inúteis. Saiba que fui eu quem lhe salvou a pele, ao alegar que seria melhor manter viva a isca do que lhe dar fim.

Pois bem, meu amigo, se é que podemos hoje nos tratar assim. Ambos cumprimos nossos papéis, o meu de inquirir, o seu de negar. A roda do tempo encarregou-se de reordenar as peças desse quebra-cabeça insano e de inverter-nos as posições. Você, um antigo inimigo da ordem, reverenciado agora como herói. Moderado, bem-posto. Eu, vigilante da pátria, condenado à conveniência do esquecimento. Por mais que você, agora jogado aí em sua poltrona, se dê toda razão e a mim nenhuma, há de concordar comigo: o poder, que é onde você hoje está, precisava de minha truculência. Antes de tudo, fui profissional. As condições nos eram excepcionalmente favoráveis; sob quais outras teria podido aprimorar tanto as minhas habilidades? Mão-de-obra altamente especializada, treinada aqui e no exterior para serviços escusos de alta precisão. E eis-me aqui, depositário histórico do vasto *savoir-faire* aplicado pelos franceses na Argélia e pelos americanos em todos os quadrantes do mundo. Seja franco, meu caro: qual governo, qual político, qual banqueiro, qual empresário, qual grupo de pressão, qual interesse escuso abriria mão, de sã consciência, do *know-how* que adquiri? Qual deles me diria "vá embora, você não serve mais"?

Sinto-me hoje numa espécie de exército de reserva, pronto para atuar nas noites que vão e vêm ao sabor dos acontecimentos. Transito na periferia das altas esferas com a mesma desenvoltura com que serpenteio pelos mocós. Desfilo com o mesmo garbo nas grandes avenidas iluminadas e nos porões escuros. Só não convenho. Fazem de conta que estou sepultado num passado remoto e indesejado, como se não estivessem prontos para repeti-lo.

Mas veja como são as coisas: negocio hoje meus serviços com um grupo de agroindustriais amigos seus, pessoas modernas e pragmáticas, politicamente corretas, como se diz. Desbravadores das terras distantes nesse país, que não toleram invasões. Mas não querem jagunços como queriam seus avós; preferem seguranças inteligentes, com experiência comprovada na prevenção de ataques e no desbaratar inimigos.

Pois bem. Quem melhor conhece a qualidade de meus serviços? Vim lhe pedir uma carta de recomendação.

– Demônio Inerte –

Em vão, tentarei trapacear e fechar os olhos com todas as minhas forças. Haverá sempre um cachorro perdido em algum lugar que me impedirá de ser feliz.

JEAN ANOUILH

QUASE NOVE DA NOITE, pulou para fora do vagão do metrô, apertou o passo na plataforma e desapareceu escadaria acima.

Os olhos pasmos da cabeleireira assistiram pela janela o sumiço do homem e se voltaram num movimento rápido para a criança (seis anos?) dormindo no banco duro do trem. Gemeu um *ai, meu Deus* doído e fez o sinal-da-cruz. Outra voz de mulher de meia idade implorou aos passageiros por alguma providência. Um sentimento incômodo de impotência e desolamento ocupou o vagão. Outra voz ainda, mais alta, estrídula e perfurante, cobrou, exigiu. Mas todos a bordo, encolhidos à defensiva, já eram meros suplentes de si próprios.

O que fazer agora com a criança? Proteger-lhe o sono? Chamar alguém? Quem?!... Acordá-la para a triste sina? Dizer que corra no encalço do pai? Ou simplesmente restaurar a normalidade, pondo-a fora do trem?

Pelo inesperado da situação, que tão pouco ou nada prenuncia, não temos a menor ideia do que fazer. Mas – jornalistas que somos, militantes dos manuais de redação – concordamos: o problema é do Estado, sendo nosso papel apenas espreitar com imparcialidade os acontecimentos, em prol de um belo texto. Fazer a cobertura. Quem sabe esteja lá à nossa espera, na monotonia do vagão, um prêmio Shell, Esso, Texaco de jornalismo!

Observamos um advogado sentado diante de nós erguer os olhos acima das lentes dos óculos de leitura e, em voz alta, como se numa tribuna, concordar conosco. O Estado, ele. O menor de idade deve ser recolhido à sua tutela, que responderá por seu bem-estar até que o pai seja identificado, localizado, responsabilizado e incriminado.

Para discordar desse aspecto, tão bem parido à luz do Direito e da Cidadania, os simples mortais a bordo despertam de seu torpor. Indignados, opinam que o Estado, irresponsável, ausente, moralmente falido, nada mais fará que encaminhar o menor a uma dessas fundações que sabemos muito bem o que são: centros de aperfeiçoamento para o crime, fabricantes de bandidos.

Alguns passageiros acreditam que as altas cercas que erguem em torno de suas casas deveriam ter seus custos cobrados desses falsos reformatórios do governo. Outros entendem que ao pai não competirá jamais reassumir a responsabilidade pela criança, porque é, no mínimo, irresponsável. Discute-se muito, mas com cuidado contrito para não elevar a voz e despertar a criança. Com todas as ressalvas para que não haja mal-entendidos, chega-se a defender a pena de morte para o pai em casos como esse, concluindo-se depois, com ponderada moderação, que a primeira coisa a fazer é autuar o pai em flagrante por abandono do filho menor. A Justiça que cumpra depois, com todo o rigor, o que se espera dela.

À parada do metrô na estação seguinte, cai sobre o vagão uma expectativa silenciosa e alerta. Os passageiros se entreolham com dissimulação. É preciso sinalizar que se espera de alguém um algo resoluto, mas que esse alguém, por razões de força maior, compromisso inadiável, pressa para chegar em casa, consulta com horário marcado ou seja lá o que for, não são esses mesmos, cujos olhos acusam, defendem-se, condenam e absolvem-se. Enfim, todos.

O que será feito? Quem fará?... Nada. Ninguém.

Um grupo ruidoso de estudantes adolescentes invade o trem como gazelas soltas num prado. Alguém gesticula pedindo silêncio, que respeitem o sono do menor. Poucos percebem que algo acontece, só os que perguntam. Um jovem lá pelos 30, bem vestido, inquirido por um pré-vestibulando, fecha o caderno de índices econômicos do jornal, aponta para o menor que dorme e narra o ocorrido: o pai bateu a carteira de um passageiro e fugiu, deixando o filho à mercê de seu próprio destino. Crime hediondo!

A passageira ao lado intercede: ninguém viu roubo. Nada se sabe dos protagonistas; ninguém sabe de onde veio aquela gente; ninguém sabe por que fugiu. Espera-se apenas de alguém, seja quem for, alguma atitude.

Sentindo-se provocado pela passageira, o jovem leitor do caderno econômico reage: quando há pouca visibilidade e não se sabe nada, a atitude mais prudente é não arriscar, diz ele; o melhor a fazer, portanto, é manter-se atento ao andamento dos acontecimentos, a suas tendências e oscilações.

Silêncio. O trem corre. Não é possível, desabafa uma mulher de meia idade, que ninguém se tenha dado o trabalho que se espera de pessoas do bem: pedir aos seguranças da estação para recolherem o infeliz. Por que não fez isso, tia, em vez de cobrar os outros?, pergunta irritada uma tinêiger recém-embarcada. Por que não desceu e foi lá? A mulher ameaça perder a cabeça com a menina malcriada. Em defesa de seu direito de ir e vir de metrô sem ser importunada e de sua liberdade de expressão ao sê-lo, a tinêiger resmunga entre os dentes um palavrão agressivo.

A essa primeira explosão, chovem a bordo adesões à senhora indignada de meia-idade e igualmente à tinêiger, por sua habilidade ao colocar a oponente em seu devido lugar. Socializa-se a batata quente das culpas inconfessas ao mesmo tempo em que se cuida de privatizar para si as absolvições.

Estabelece-se a um rumoroso zunzum.

O advogado intervém com firmeza: Sem emocionalismos, minhas senhoras; é preciso manter os ânimos sob controle; nada de passar dos limites, nada de atos impensados.

Alguém, em apoio ao advogado, objeta à senhora que as coisas não se resolverão assim, tiro e queda. Não é ético, agora, entregar aos guardas da estação o pequeno cidadão e lavar as mãos. É preciso que colaborem com as autoridades, que testemunhem, que ajudem a polícia a traçar um retrato falado do pai, isto é, do delinquente. Ademais, acode o advogado, um flagrante somente será lavrado se o pai for detido em até 24 horas após o delito. Assim mesmo, duvida-se que seja punido.

A vestibulanda sentada ao lado do advogado lhe pergunta em voz baixa, em admirado sussurro, como se postaria caso o preso procurasse seus serviços de defensoria. O indagado prefere não raciocinar por hipóteses remotas – improvável que o joão-ninguém tivesse recursos para adquirir seus serviços – mas lembra, também num quase murmúrio sensual ao ouvido da moça, que no estado de direito em que felizmente vivemos ninguém é culpado até prova em contrário. E que, mesmo quando esmorece a inocência, há a possibilidade de recursos e protelações. Por mais hediondo que seja o crime, haverá sempre na instância jurídica a necessidade de alguém que acuse e alguém que defenda. Não ele, felizmente, que avesso à instância criminal instalou banca em direito tributário.

Que se apresentassem, então, os voluntários a testemunha.

Silêncio.

E então?

Ninguém tem tempo.

O advogado corre o olho sobre o mutismo a bordo e conclui: já que o suspeito se evadiu sem prévia identificação, será preciso começar do princípio, ou seja, acordar o menor abandonado e obter dele alguma informação que leve ao pai.

É interrompido pela estoica firmeza de um pediatra, que veta a interrupção abrupta do sono da criança. Sendo impossível dimensionar os riscos à sua saúde orgânica e psíquica, uma vez que se ignora por completo o quadro patológico do paciente, deve-se mantê-lo em repouso absoluto.

A jovem neurologista ao lado, cujo olhar diagnosticador banha atentamente a criança, chama a atenção de uma amiga para o fato de que, mesmo dormindo, o menor apresenta movimentos rápidos nos globos oculares e faz caretas com a boca, produzindo sons involuntários, tais como pigarrear da garganta e fungar do nariz, quadro esse que poderia indicar os sintomas iniciais da Síndrome de Tourette.

É contraditada por uma psicóloga, inimiga mortal dos diagnósticos precipitados. Os toques observados na face da criança não apontam necessariamente para síndrome alguma, podendo ser mera expressão física dum estado onírico, sabendo-se lá com o que a criança estaria sonhando naquele momento. Melhor seria aguardarem seu despertar para encararem então com objetividade e equilíbrio os conteúdos que certamente emergiriam.

A neurologista acha uma temeridade prorrogar o tempo em que o menor, tão visivelmente enfermo, se encontra desassistido. Pode-se induzir cuidadosamente seu despertar, embora isso não elimine em absoluto a necessidade urgente de submeter a criança a uma bateria de exames por ressonância magnética.

A psicóloga ensaia uma reação mas é interrompida pelo advogado, que, para exibir doutoridade e bom senso à vestibulanda sentada a seu lado, argumenta que, *data venia*, a problemática em questão é *a priori* jurídica. É então rechaçado aos trancos pela psicóloga, a mesma que prefere o encaminhamento imediato da criança a quem cuide de sua psique a entregá-la à frieza dos incisos e parágrafos únicos.

Uma jovem envelhecida empregada doméstica se levanta para descer na próxima estação, afaga *en passant* o cabelo do menor que dorme, e tromba conosco, jornalistas, em direção à porta. Sua voz, piedosa para com a criança e indignada para com todos os passageiros, deseja que Deus a ajude e o diabo nos carregue, bando de insensíveis que somos. Alguém a desafia perguntando por que não pega a criança e a leva. Da porta, agora com um pé na plataforma, faz que lava as mãos e rebate: já tem seis para cuidar.

O trem parte de novo, com desconfortável resignação dos passageiros à mera repetição do nada acontecer.

O único senão é que agora um deficiente físico recém-embarcado paira em pé com sua muleta diante do menor que dorme. Ninguém cede lugar. E por que haveriam de ceder, se a mais abusiva ocupação de um assento naquele momento era a do menor, espichado onde dava para sentarem-se dois? Multiplica-se (também por dois) o delito do pai na cabeça de um passageiro sentado que observa a cena: não bastasse abandonar o filho, deixou irremediavelmente ocupado o assento que poderia muito bem acolher o manco. Tenta levantar o tema, tão pleno de ação cidadã, mas encolhe a fala ao se dar conta do risco de mexer ao mesmo tempo no primeiro e num segundo vespeiro.

Um dos metronautas, conhecedor que é do Estatuto da Criança e do Adolescente, resmunga ao passageiro que não permitirá molestações à criança por causa do deficiente, nem que interroguem o menor ao acordar, senão apenas que registrem suas declarações, procedimento de rotina indispensável à identificação do pai desertor.

Atropela-o a neurologista, ainda incomodada com a psicóloga, a quem urge contra-atacar com conhecimento de causa. Diz que se tratava apenas de uma suspeita de Tourette, cuja confirmação só poderia se dar com a criança acordada, quando se constataria se apresenta outros sintomas típicos da síndrome, como a coprolalia, emprego de palavras obscenas em público.

Assusta-se com a desdita dos novos tempos uma senhora recém-embarcada. Como seria possível uma criança tão pequena já presa da indecência e da pornografia? A que ponto chegamos! Culpa dos pais? Da escola? Das más companhias? Do governo?

Da televisão, responde com tom certeiro um mero espectador dos acontecimentos, diante da oportunidade para falar que lhe caía do céu. Sim, culpa dessa invenção do demônio, que invade os lares e condena os incrédulos à escuridão do inferno. Só mesmo os que tiverem Deus no coração poderão escapar. Vaiado pelos jovens, o passageiro piedoso abre o alto da camisa e mostra com o orgulho dos inatingíveis o crucifixo que traz pendurado ao pescoço.

A neurologista, que ouvia com desdém a voz do populacho, retoma o discurso à primeira brecha: mesmo sendo Tourette mera suspeita, seria recomendável aplicar à criança, ainda dormindo, injeções medicamentosas, cujo único efeito colateral seria mascarar os sintomas da síndrome quando o menino viesse a despertar, o que poderia exigir uma nova etapa de observações.

Um médico residente, que por verdor ainda não se manifestara, acode a bela neurologista, ressalvando que, nessa última hipótese, há numerosas outras abordagens medicamentosas ao alcance. Os efeitos danosos de algum remédio seriam prontamente combatidos por outro remédio, cujos outros efeitos danosos seriam prontamente combatidos por mais outro remédio ainda, e assim sucessivamente. Ao inferno com as contraindicações.

Mete-se entre os doutos uma jovem estagiária de nutrição, interrompendo a leitura de uma cartilha sobre proteínas para sugerir que, antes de medicar o paciente, se proceda ao levantamento de seus hábitos alimentares – o que somente poderia ser feito quando o mesmo acordasse. Daí, se proporia uma dieta rica em ácidos graxos e Omega 3, de forma a que a criança pudesse enfrentar adequadamente o estresse causado pelos medicamentos.

Ao se inteirar dos acontecimentos, um economista há pouco embarcado protesta em altos brados seu apoio à nutricionista. Trata-se de combater a subnutrição, um problema social comovedor que clama por uma decisão política: a redução da carga tributária. Fora isso, excluída a visão macro do problema, acredita que é chover no molhado, repetindo-se as velhas formas surradas de encarar os percalços do modelo.

Um comerciante a seu lado aplaude. Confessa, entretanto, sentir inveja do alheamento do menor ali abandonado, para cuja inocência a flutuação dos níveis de consumo da população não quer dizer nada, mas que a ele, comerciante, só de ouvir falar, provoca um incômodo frio na barriga.

Um novo e longo silêncio se estabelece no vagão, que atravessa túneis escuros indiferente ao que carrega. Quebra-o um acadêmico em Literatura, com uma repentina *performance* cênica e provocativa, em *real time*, proclamando não haver mais nada a observar, pois crianças são altivas, desdenhosas, iradas, invejosas, curiosas, interessadas, preguiçosas, volúveis, tímidas, mentirosas, dissimuladas, riem e choram facilmente, têm alegrias imoderadas e aflições amargas por causa de assuntos menores, não querem sofrer o mal mas gostam de fazê-lo.

E curva-se como se à espera dos aplausos.

Ante o silêncio curioso e inquiridor das pessoas que o encaram, o acadêmico dá os créditos: La Bruyère, século 17. Ao que passa a merecer olhares de desdém e uns poucos risos esparsos.

À aproximação da estação terminal do metrô, decidimos informar os remanescentes de que, segundo indicadores apurados por nosso jornal, a ocorrência de abandono de menores de idade no interior de veículos elétricos do transporte público nas grandes cidades foi de 14 casos no último trimestre. Um acréscimo de 7,35% ao verificado no mesmo período do ano anterior. Para os institutos especializados, a evolução do índice é preocupante, mas ainda não sobejamente significativa.

Diante de tão reconfortante informação, inibidora de culpas e tensões, o trem esvazia na estação final; os passageiros descem e, tal qual o pai, vão desaparecendo na escadaria.

Só a criança fica. Dorme.

Comentamos entusiasmados com nossos botões nunca termos vivenciado tão definitiva mostra da importância do conhecimento e do poder da informação.

– *Atas da* ABREME –

Aprender só pouco é perigoso.
Sorve um grande gole ou não proves
da fonte das Musas.

POPE

CHICÃO, Geraldo Magela, Anderson, Donizete e eu, como disse a cigana que em nossa adolescência nos leu as mãos à beira do campo do Primavera, não somos predestinados a alianças tácitas ou associações. Mas, leais amigos de infância, teimosos e persistentes que sempre fomos, contrariamos o fado: trilhamos inadvertidamente juntos o caminho da desgraça. Eis-nos hoje purgando nossas culpas, penando para sair do atoleiro; eis-nos sócios fundadores da ABREME, Associação Brasileira de Ex-Maridos de Enfermeiras, pessoa jurídica de utilidade pública. Sem fins lucrativos.

O psicanalista Dr. Jung chamava de *sincronicidade* a um fenômeno que nem explicarei aqui, porque a própria avalanche de exemplos que metralharei a seguir dispensa perdas de tempo: Chicão casou-se com uma enfermeira num dia 20 de maio, data em que se relembra a morte de Ana Nery! Geraldo Magela morava numa casa de número 1854, exatamente o ano em que Florence Nightingale foi à Guerra da Crimeia como enfermeira voluntária! Anderson foi abandonado pela mulher na tarde de 12 de maio, em que essas profissionais abnegadas comemoram seu dia internacional! Donizete é Assunção por parte de mãe, o mesmo nome da capital do Paraguai, onde, há quase século e meio, Ana Nery assistiu feridos brasileiros de guerra! E eu, por fim, a exemplo da família Nightingale, sou nascido e crescido na zona rural!

Não é uma sucessão impressionante de sincronicidades?

Vocês dirão que não é bem isso, que forçamos um pouco a realidade das coisas, mas terão de admitir que a vida é assim mesmo, que sem algo que nos aproxime uns dos outros perde a graça. Admito que forçamos a barra das sincronicidades, mas por uma nobre causa: o aprofundamento dramático de nossa identidade para criarmos a ABREME. Afinal, não era o cardeal Richelieu quem pedia que lhe dessem duas linhas quaisquer, escritas por quem quer que fosse, e descobriria nelas uma razão para condenar o autor à forca? Ora! Por que não podemos ter nossa Associação para descobrirmos nela uma razão que seja para amainar nossa tragédia?

Não se enxergam hoje perigos terríveis em todos os cantos apenas para justificar a guerra? Por que, então, não poderíamos fazer o mesmo?

Atendendo ao que dispõem os estatutos da ABREME, que aprovamos por unanimidade, reunimo-nos três noites por semana para procedermos à catarse de nossas desgraças conjugais, conferindo, uns aos outros, atividades purgativas que realizarão nossa meta social: espantar o inimigo e restabelecer a desesperada paixão que sentimos pelas enfermeiras. Devo observar aqui que, a despeito de nos considerarmos uma *associação brasileira*, vetamos estatutariamente, por ciúmes, o ingresso de novos associados. Jamais admitiremos compartilhar com terceiros a atração que sentimos por elas.

Apesar das mil e uma provas em contrário que somos capazes de produzir, nós, os associados da ABREME, aceitamos com resignação a pecha de machistas, que nos custou, aos cinco, o fim do casamento.

Chicão acordava esbaforido dos pesadelos em que Salete Regina, a sua Ana Nery, era conduzida ao topo de uma montanha pelos bicos de uma corja de abutres de branco. Vejam bem: eu disse abutres "de branco". Vocês sabem a quem estou-me referindo.

Geraldo Magela sentia torpores ao desconfiar que a bela Ru-Ru-Ru, de mãos tão aveludadas e protetoras, pudesse estar fazendo uso ilícito e pecaminoso delas no trabalho, quando assediada por aproveitadores, falsos doentes que se esparramam nas camas hospitalares, ludibriam o sistema de saúde para melhor se aconchegarem nos cuidados das enfermeiras.

Anderson era homem de certezas: estava certo de que o repertório de Angeliquinha ganhava do seu com um pé nas costas, de que já era insuperável a distância cultural que os separava, não tendo sido remédio nem as obras completas de Lair Ribeiro, que começou a ler e abandonou por falta de fôlego. De tão talentosa, Angeliquinha acabaria mais cedo ou mais tarde por descobrir o caminho das coisas e seu *modus faciendi*, isto é, o jeito de escapar e voltar sem deixar pistas.

Donizete, por vivenciar o mesmo problema com Ana Laura, era o mais próximo parceiro de infortúnio de Anderson, com um único diferencial: enquanto o amigo aguardava para qualquer momento, resignado, a troca de sentinela na casamata, Donizete tentava a última instância: vestibulares de Administração de Empresas e pedidos de emprego no hospital da mulher, onde, além de vigiá-la, poderia crescer na vida aos olhos dela. Quem sabe, depois de formado, uma especialização no ramo hospitalar, uma promoção, e lá estaria ele regulando os ganhos desses pardais de rapina que desfilam doutoridade às enfermeiras nos corredores dos hospitais.

Eu, *nerd* por profissão, *hacker* por vocação, internauta, acostumado às portas entreabertas da privacidade, especializei-me em invadir o correio eletrônico de Lilibeth, à procura das provas do crime, que, a exemplo das bombas iraquianas, nunca foram encontradas. Colhido em flagrante delito por Lilibeth, fui sumariamente deletado e enviado à lixeira em que me encontro.

Nosso pior denominador comum eram as noites de sábado, as noites sem plantão, diga-se, quando reuníamos as famílias. O silêncio com que rolava o pôquer não tinha a ousadia das fichas empenhadas, mas a gravidade de nossa muda atenção aos cochichos femininos na cozinha ou à troca de olhares coniventes nos sofás da sala, cheios de significações que não conseguíamos alcançar. Pior ainda quando entravam no jogo e faziam, entre si, piadinhas sobre pares de valetes, trincas de reis, damas soltas e cartas de paus.

Nesse ambiente surgiram as primeiras sementes do que viria a ser a ABREME. Foi quando nos cotizamos para pagar as dívidas de Geraldo Magela, o marido de Ru-Ru-Ru, a um psicoterapeuta especializado no tratamento de suspeitas de infidelidade conjugal. Não somos de consultar psicólogos, temos mais o que fazer na vida, mas Magela fraquejou diante do anúncio do especialista numa revista de variedades. Bem feito para ele e para nós: abandonou a terapia sem pagar, ao se sentir ofendido quando lhe disse o psicólogo que, se sua mulher vai para a cama com outro e você morre de ciúmes, é você o psicótico, não ela.

Como nós também patinamos no entendimento de onde queria chegar o terapeuta com isso, resolvemos que o melhor era pagar a dívida e encerrar a história, apenas para não deixar um sócio-fundador da ABREME com o nome sujo no mercado.

E aí, um a um fomos caindo em desgraça.

Salete Regina suspeitou um dia que suas economias (que já haviam sido desviadas para pagar um quinto da dívida para com o psicólogo de Geraldo Magela) foram usadas por Chicão na contratação dos serviços de uma gangue para emboscar abutres de branco e quebrar-lhes o bico nas proximidades do Hospital Santo Estanislau. Como Chicão fosse de atirar para todos os lados, o grande número de vítimas chamou a atenção da imprensa sensacionalista, que estampou em letras grandes o título "Gangue de cornudos fura médicos com o chifre".

Desconfiou-se injustamente de Geraldo Magela, por sua grande semelhança com o retrato falado do *Maníaco do PS*, que invadia prontos-socorros para desconectar o soro de doentes idosos. Magela safou-se porque jamais faria isso, apesar de já ter feito coisa parecida anos antes, quando esteve envolvido numa briga de torcidas organizadas que começou na rua e prosseguiu no pronto-socorro. Mas naquele caso – e que isso fique bem claro – foi por uma causa justa, pois se tratava da torcida daquele time que não digo o nome porque só tem bandido.

Pediu-se a Donizete que parasse de enviar currículos à lanchonete do Hospital de Clínicas, não apenas por não atender aos perfis profissiográficos da instituição, como também por Ana Laura se negar a abonar o estranho e insistente pedido de emprego do marido. Donizete inconformou-se com o desdém do funcionário do pessoal, que o recebia de nariz torto. Bem a propósito, ameaçou entortar-lhe de fato o nariz se continuasse boicotando seu pedido de emprego em pleno local de trabalho da esposa.

Quanto a Anderson, não se mexeu: permaneceu à espera do terremoto, enfim chegado com o alegre aviso de Angeliquinha de que estava de mudança para a casa de um médico-residente que assobiava Stravinsky e declamava Fernando Pessoa. "O grande médico e a grande enfermeira – profissionais medíocres – enganaram o desenganado", agonizou Anderson, concluindo que, ao menos no quesito *enganar*, Angeliquinha e o residente tinham sido, afinal, grandes profissionais.

Foi quando nasceu a ABREME. Nosso compromisso social sempre foi o de, mesmo jogados fora, não abandonar o barco de nossas loucas paixões pelas enfermeiras, razão nossa de tanto onanismo nessa interminada adolescência.

Tivemos a suficiente isenção para reconhecer, a bem da verdade e sem desdouro, as cagadas que cometemos. Conviemos que havíamos de purgar erros históricos para conseguir de volta nossas enfermeiras ou, quem sabe, partir para uma segunda rodada. Declaramo-nos, com registro em ata, numa espécie de purgatório a prazo fixo, acima do qual um paraíso de uniformezinhos brancos nos espreitava à espera de providências que resgatassem nossa grandeza macha.

Decidimos escalar Donizete Assunção, o melhor texto de nosso corpo associativo, para reescrever as notas biográficas de Ana Nery e de Florence Nightingale disponíveis na Internet, dando maior grandeza à enfermeira baiana, para remessa-brinde à Divisão de Enfermagem dos hospitais. Acreditávamos que valorizando a enfermeira nacional semearíamos terreno propício a novas investidas.

Bem no momento em que experimentamos crescentes ondas de violência urbana, demos a Chicão a incumbência de organizar seus jagunços numa tropa de proteção às enfermeiras no percurso casa-trabalho-casa, a ser graciosamente oferecida ao sindicato de tão denodadas profissionais. Anderson opinou que deveríamos inserir nessa tropa de choque uma divisão de informações, sob seu comando, encarregada de manter os sócios da ABREME a par da movimentação de médicos-residentes no espaço sob nosso resguardo.

Geraldo Magela, indefinido entre supervisionar a tropa ou integrar o serviço de espionagem, acabou optando pela terceira via, cristã, de erguer um cadastro nacional de enfermeiras e enviar a todas, por correio, um santinho de Santa Catarina, sua padroeira, com dedicatória nossa. "A credulidade delas alimentará nossa ciência", disse. Creio que copiou essa frase de algum lugar, pois não jogava essa bola toda.

A mim, especialista em modernidades, coube a mais urgente, imperiosa e delicada tarefa: invadir os *sites* pornográficos da Internet e resgatar de lá as enfermeiras reféns do imaginário pornô.

À primeira pesquisa *in loco*, assustou-me o volume de trabalho, porquanto resolvi começar o mais logo e pela situação mais cabeluda: uma senhorita marota, sorridente, trajando apenas maquilagem pesada, gargantilha de falsos brilhantes, sapatos brancos de saltos-agulha muito altos e coifa, essa coisa mais conhecida por chapéu de enfermeira, sentada ao colo de um sujeito igualmente nu, que portava um reluzente estetoscópio dependurado no pescoço.

Desenhou-se uma grave crise institucional quando Geraldo Magela, já um pouco alto, insinuou, com ódio, que o modelo nu da foto, com a enfermeira ao colo, poderia ser o residente que levara Angeliquinha do resignado Anderson. Este, surpreso, suspeitando do amigo que compartilhava exageradamente suas dores pela perda de Angeliquinha, quase partiu para as vias de fato. Contornei com habilidade o impasse, propondo imediata reforma dos estatutos, com a supressão do artigo que dispunha sobre crimes de honra. E convenci Magela e os demais de que a foto pivô pertencia a um *site* pornográfico de Nebraska, estado americano em que é pouco provável a presença de médicos-residentes que declamem Fernando Pessoa.

Nosso corpo associativo, reunido em torno do monitor, discutiu longamente o que fazer, num arco radical de possibilidades que ia da completa remoção da moça à supressão pura e simples de seu chapéu de enfermeira. Consideramos eficaz para nosso público-alvo essa última hipótese, mas ineficaz para nós próprios, pois a cada vez que acessássemos a página para ver se lhe haviam reposto a coifa, o sorriso lascivo da moça nua de sapatos brancos permaneceria, como que zombetando de nossa tragédia.

Quando constatei ser impenetrável a esmagadora maioria dos *pornosites*, entrincheirados em nome da livre expressão, comuniquei ao corpo social meu fracasso. Chicão, Geraldo Magela, Anderson e Donizete retribuíram confessando os seus próprios, frutos da falta de *know-how*, de estrutura e de fundos para fazer andar suas missões. Não ter dinheiro nem para comprar santinhos aprofundava de vez o irreversível abismo aberto entre nós e a enfermagem. "Iiihh! Agora foi pro vinagre", sentenciou nossa amiga cigana, quando percebeu que a ABREME não dispunha de liquidez nem para pagá-la.

Convocamos uma assembleia extraordinária para pôr termo à dramática situação. Anderson sugeriu a eutanásia, que recusamos não só por seus aspectos polêmicos, mas também porque necessitaríamos de mão-de-obra enfermeira. E jamais nos permitiríamos descer tanto. Propus então à mesa o suicídio coletivo, aprovado por aclamação.

Sinceramente, não notei se chegamos a cumprir o decidido.

– A Olho Nu –

Do teu órgão, mulher, são secretos os meios de expressão.

Ovídio

1

Eu caçaria isadora discretamente. Ela escaparia o quanto mais pudesse, circularia solta, sorridente, quase lasciva, entre as pessoas no salão de festas, deixando-se encobrir por elas como um alvo móvel que foge à mira. Sem que percebessem, porque esse jogo de flutuar, de hesitar fingindo e de esconder-se era apenas entre ela e mim. Até que se rendesse. Ela, só ela, saberia quando.

No exato instante desta foto, tomada à distância com uma poderosa grande angular, está a razão de tudo: Isadora percebe de esguelha minha câmara que a surpreende no meio das pessoas e me alveja com este sorriso de lábios fechados de volúpia, de quem se sabe mulher, como se me desafiasse a resistir a um abismo que anuncia.

Foi a primeira vez que colhi com tamanha explicitude o que tanto perseguia: o flagrante da mulher revelando-se possível. Cedendo.

Apenas a comprovação tácita das possibilidades nos interessava (eu disse *nos*; igualmente a ela e a mim), apenas o flagrante do milionésimo de segundo em que o olhar da fêmea transgride o deserto árido das conveniências e faz transbordar o que lhe queima dentro.

Era preciso congelar esse momento.

Tomou-me um alvoroço de correr ao estúdio para arrancar o filme da máquina e revelar e ampliar e dependurar a foto na parede, para que meus olhos pudessem devorar Isadora por inteiro, como o faria um bárbaro invasor com as mulheres desprotegidas de uma aldeia.

Sim, sou fotógrafo profissional. Mestre em captar a alma feminina. Amo fotografá-las, mas o que me atrai não é seu mundo *fashion* superproduzido, anoréxico, maquilado, com seu dinheiro fácil. Fascina-me, sim, descortinar na mulher a força vital que lhe percorre, o tônus que faz dela o que é.

Posso não estar sendo muito claro, mas não importa: falo de algo ainda mais profundo, uma necessidade indômita de desvendar o grandioso mistério da vida e do todo, implicado na essência feminina. Não pensem que é fácil. O que de melhor tenho conseguido é caçar com meu jogo de lentes importadas esses breves momentos para revelá-los e ampliá-los, mas, antes de tudo, depositá-los na barca desgovernada de minhas interpretações.

2

Tenho a sensação de que existem duas Isadoras provindas de mundos diferentes: uma, a frágil, imprecisa, nublada, escorregadia, difícil de entender; outra, a poderosa, a dos desejos que rasgam o céu como uma seta irreversível, absoluta, a que possuí mil vezes *en passant* no visor inebriado de minha câmara. Conheci a primeira e fui descoberto pela segunda. Quanto a ela, julga-me um louco.

Isadora teve a ideia de um ensaio fotográfico intermitente e inspirado, algo de que não me dei o trabalho de entender o fim. Uma caçada de flagrantes difícil de circunscrever: registrar em película o quanto de sublime conseguisse impregnar em alguns repentes seus. Isadora, a imprecisa, não disse isso com clareza; nada dela esteve cristalinamente claro, a não ser que ela, a absoluta, assumiria sozinha o comando das operações. Eu que estivesse pronto para atendê-la quando chamasse.

Vejam este superclose. Apreciem a inquietude de seus cabelos domada pela fivela que os contém e o movimento sensual de seus lábios terminando o sorvete. Tudo é forma e movimento nesta foto. Observem que há uma sincronicidade desconcertante entre seu olhar de fingido abandono e seus lábios que sorvem e me subornam com silenciosas palavras. Imaginem o turbilhão de loucuras que me valeu esta foto. Quando a revejo, me deixo atropelar pela lembrança dos versos de Antonio Machado:

> No mar da mulher,
> poucos naufragam de noite.
> Muitos, ao amanhecer.

Ainda hei de encimar com esses versos a publicação de um ensaio com todas as fotos que fiz dela.

Aqui, nesta foto, a área das bicicletas ergométricas de uma dessas academias frequentadas por mulheres. Vejam. Seu corpo fêmea, incomparável, definitivo, serpenteando no interior do colante, orgulhoso de estar submisso a meu olhar analítico de esteta e de homem, que a espreita por detrás da lente. Mas não vou superestimar o poder dessa minha mera circunstância de bastidor, porque, de fato, a arrasadora candura que tem no olhar derrota minhas qualidades de observador e me faz colhido por alguma descoberta inebriante que não sei.

É isso. Desde o primeiro momento desse jogo erótico superlativo com que Isadora revolucionou o que sabíamos um do outro, sinto-me como se arrastado por ela, por suas mais singelas miudezas visuais, na direção de um maravilhamento impreciso, que não se dimensiona.

Pensem o que quiserem a meu respeito, pensem que fantasio, que enfeito as palavras; a verdade é que Isadora conseguiu perturbar-me no mais essencial do ofício: o distanciamento entre mim e o objeto fotografado, sem o qual me é impossível imprimir na película algo digno de se chamar *o olhar do fotógrafo*. Mesmo assim tento, apesar de que Isadora seja muito maior que minha arte fotográfica.

Revejam a foto da academia. Pode-se dizer que há malícia nela ao se saber fotografada, mas o que vale é aquilo que apenas eu percebo: o mistério de suas plausíveis revelações. Arrebata-me, leva-me à loucura, a sensação de que ela, mulher, está nesta foto a poucos segundos de confidenciar-me um livro entreaberto de transgressões.

3

Aqui, uma sequência de seis fotos sem flagrantes. Um meio caminho entre a cena preconcebida e o posar formal, se é que se pode chamar assim. É um início de tarde. O palco é a casa de Isadora, espaço que conheço muito bem.

Aguardei sentado na sala por meia hora até que me chamasse. Eu ouvia mantras sendo entoados num cômodo vizinho por três vozes de mulher. Meus olhos navegavam na decoração do ambiente – quase toda feita de objetos de arte popular de diversas origens. Reconheci peças compradas em feiras indígenas de Otavalo, no Equador. Outras, trazidas de Portobello Road, em Londres. Outras, ainda, de Roma e de Paris.

Ao término do cantochão, abriu-se a porta e a ouvi me chamar. Câmara pronta para disparar (combinamos que estaria sempre assim), entrei cheio de cuidados num arremedo de templo indefinido, onde Isadora, sentada no chão em posição de lótus, de costas para a porta, roupa colante preta, cabelo solto desgrenhado, erguia as mãos juntas acima da cabeça e retomava o mantra, em coro com duas empregadas domésticas.

Na primeira foto, obtive essa belíssima composição de luz e sombra, acentuando a intenção mística da cena. Reparem a expressão assustada dessas mulheres simples avançando mantra adentro; cumprem um roteiro esquisito e repetitivo numa língua morta oriental cantada com sotaque nordestino. Vejam o rosto de Isadora, olhos semicerrados; reparem a determinação quase sacerdotal com que lidera as seguidoras.

Cumprido o exercício – de compaixão e desprendimento, imagino – Isadora dispensou as mulheres, mandando-as fechar a porta ao sair. Ainda sentada no chão, voltou-se para mim e cruzou as pernas. Seu rosto foi-se transformando como se atendesse a um comando interior de remoção de impossibilidades. Vi brotar nele, como flor se abrindo, a mais sedutora expressão de alegria e serenidade com que nenhuma outra mulher conseguirá jamais encarar um homem.

Apontei a câmara para ela. Sem perturbar o avanço de seu olhar de anjo sedento que ignora obstáculos, Isadora ergueu num gesto rápido a blusa preta acima dos peitos desnudos, expondo-os à objetiva. É esta segunda foto: o sorriso alegre e sereno de Isadora deixa de existir aqui por si só, para transformar-se no sustentáculo maravilhado daquilo que oferece. Observem na imagem que uma relação quase fractal se desenha entre o olhar embevecido, os lábios brejeiros e os peitos empolgantes de Isadora.

Minha câmara fotográfica é um anteparo entre a cena e mim, algo que me obriga a ser observador distante, irremediavelmente impedido de invadir o espaço cênico. Mas tento. Sem sucesso.

À parte alguns beijos superficiais e comedidos com que meus lábios lhe cobriram o pescoço e os poucos segundos que ela permitiu às minhas mãos acariciarem-lhe esses peitos cheios de si que miravam o horizonte, nada mais houve. O interlúdio foi interrompido no nascedouro por suas mãos aveludadas que afastavam e os olhos marotos de quem desafia a tentar outra vez. Essa, a fórmula que Isadora aprendeu a operar como nenhuma outra mulher: provocar-me resguardando-se, oferecer-se retirando-se. Recusar. E recusou, porque a regra fria que me impusera deveria prevalecer sobre o desejo. Estimulá-lo sempre e mais, mas não sucumbir; convinha que nos provocássemos, que aumentássemos o calor lascivo a favor de nossas miragens e da arte fotográfica, mas sem nos rendermos.

Isadora retirou-se para o andar de cima.

Enquanto aguardava sozinho o segundo passo da jornada, cuidei de baixar em mim a temperatura sensual que os peitos de Isadora imprimiram: concentrei a atenção nos novos adereços do ambiente, recém-decorado, à procura de vestígios do ritual que precedera a exuberância da cena fotografada naquela sala. Para não dizer que nada de novo aparecera na casa nos últimos dias, cito um belo pôster na parede com a foto de duas serpentes, que Isadora comprara numa feira de antiguidades orientais em Roma, se me lembro bem.

Trinta minutos depois, subi a escada que levava aos cômodos de cima, abri a terceira porta à esquerda, a de uma espécie placidamente iluminada de quarto íntimo de estar, e entrei.

Lá estava Isadora, esguia, cabelos agora ajeitados, finamente maquilada, olhos azuis cintilantes desmaiados, lábios vivos, sedosos, completamente nua, deitada sobre almofadas, com a cabeça apoiada na mão, seios pós-adolescentes empinados com ingênua despretensão e o púbis sobressaindo de entre as coxas, na linha do umbigo. Como a Duquesa de Alba em *A Maja Desnuda*, o quadro de Goya.

Sempre quis fotografar isso.

Andei em torno dela, numa atitude animal de reconhecimento da fêmea no cio. Deslumbrante. Contemplei seu rosto, descobrindo em seu olhar uma armadilha de força convidativa, incontrolável. Respirei fundo e, muito a contragosto, determinei-me a fazer apenas o que devia: estas quatro tomadas, obras-primas da fotografia, não só porque fruto de um esmero técnico e plástico nunca antes alcançado, mas porque aqui Isadora supera de longe o platô de cálida provocação de Maria Cayetana, a Duquesa de Alba.

Vejam que reservei a segunda das quatro tomadas para detalhar a perfeição dos pés, meticulosamente cuidados pela podóloga de Isadora, o bastante para fazer-nos esquecer a duquesa.

Nesta terceira tomada, um plano médio que destaca sua mão esquerda segurando a cabeça e o sutil empinar do busto nu, pode-se ler nela uma absoluta consciência de autopertencimento. Um momento máximo jamais alcançado por qualquer mulher.

Para a quarta tomada, que podemos ver aqui, imaginei a perpetuação em película do reverso da imagem pintada por Goya, o magnífico latifúndio das costas lisas de Isadora afluindo em curvas serpenteadas e harmoniosas na direção das nádegas e derramando-se para as coxas. Um verdadeiro marco na história da fotografia.

Durante o tempo em que desfilei com a câmara naquele simulacro de estúdio pictórico-fotográfico – trinta minutos, imagino – Isadora permaneceu absolutamente estática, qual a Maja desnuda, dando-se apenas o trabalho de sobrepujar com facilidade a Duquesa de Alba em incontáveis detalhes.

Quando anunciei, extasiado, o término do trabalho, ergueu-se num salto, envolveu-se num roupão dependurado à porta, avançou em minha direção e, com ar de embriagada seriedade, surpreendeu-me com um beijo na boca, de uma volúpia que não esquecerei. E sumiu.

6

Encontramo-nos uma semana depois numa casa de chá, num final de tarde, para que visse os contatos das fotos já processadas. Isadora pareceu-me mais linda que em todas as outras vezes; revelava um talento desigual em descobrir em si própria alguns detalhes singelos e aprimorá-los, como se ainda houvesse necessidade. Sua chegada aspergiu no ar um frescor de essências que, para não perder o costume, me capturou por completo.

Enquanto examinávamos juntos os contatos esparramados sobre a mesa, conversei superficialidades, o máximo que àquela altura poderia fazer com o roteiro ditado por ela. Sim, por ela, porque já me sentia qual um ator na arena, excitado por entrar em cena sem saber qual papel interpretava.

Durante todo tempo na casa de chá eu tateava à procura de um impulso que arrebentasse a rigidez de nosso acordo e nos levasse à loucura. Isadora apreciava as minúsculas amostras fotográficas com ar de aceitação passiva. Entusiasmar-se, quem sabe, só mais tarde, quando visse as ampliações.

Com todo cuidado, e apoiado no velho argumento técnico de que era preciso adequar o equipamento fotográfico à cena e à finalidade da foto, perguntei o que pretendia dali para diante. Ainda não sei, respondeu. O que não queria dizer que não viesse a saber dali a pouco. Isadora era assim, torrencial e regida a repentes. Decidi não forçar a situação, deixar fluir as coisas conforme ela, mas não pude me furtar a derramar na mesa, como canastra, minhas turbulências eróticas. Declarei loucamente alucinantes as situações que experimentávamos. A atração que sentia por ela desde nossa explosão fotográfica ameaçava fugir-me ao controle.

Isadora abriu o sorriso dos que chegam ao ponto. Sabia que mais cedo ou mais tarde toparíamos com os *efeitos colaterais*. Admitiu-se também recarregada por meu talento fotográfico e por mim, homem. Mas isso ainda lhe dizia pouco. O que lhe restava fazer era pedir-me que cumprisse nosso plano mirabolante sem me render. As pessoas que têm um histórico em comum, como nós, quando se obrigam a essas coisas como apaixonar-se, acabam infelizes.

Desatento às nuances, repiquei com objetividade masculina que não me referia exatamente à velha noção de relação afetiva, mas a tesão: se viesse algo depois, seria futuro. Gosto de ver as coisas na hora. Ninguém fotografa antes, brinquei.

Ergueu os olhos, fitou-me como se eu não tivesse entendido nada, piscou delicada e completamente, como sabem as mulheres, respirou fundo e perguntou-me que espécie de tesão sentia por ela àquela altura do enredo. Esbocei um sorriso e a olhei em silêncio. Ela sorriu contrafeita e repetiu a pergunta. Que espécie de tesão?

Respondi, num galanteio de obviedade total, que sentia o tesão que os homens de bom gosto sentem por mulheres como ela, bonitas, inteligentes e sensuais. Não outro, porque não há outro.

Isadora retrucou, cortante como lâmina, que esperava alguma resposta mais à altura de minha sensibilidade de fotógrafo da alma feminina. Reagi incomodado, queimando os lábios com um gole de chá quente. Disse-lhe que, para lá de nosso histórico deixado para trás, além de bonita e inteligente, posava nua para minha lente e me acariciava como nunca antes, como só as grandes mulheres. Não era de esperar outra coisa – não do profissional que enquadra, mas do homem que vê.

Como ela me contemplasse, me medisse sem dizer nada, apertei o cerco devolvendo-lhe a pergunta. E ela?

Respondeu-me que sim, que, como sempre, sentia tesão por mim, mas nada comparável ao que realmente importava: os arrebatamentos eróticos de ser fotografada expondo o âmago, a pele e a alma. Era sublime relacionar-se com o olhar mecânico da câmara que se punha entre si própria e mim e registrava. E isso ainda era pouco, perto dos enlevos que lhe propiciariam as fotos ampliadas e o que faria com elas. Enlevos que alcançavam alturas tais, que necessitavam, sim, dos meus olhos e de meu tesão, mas apenas como suporte.

Fiz que entendi, apesar de muito pouco haver entendido. Teria Isadora dito que uma foto sua feita por mim suplantaria dez orgasmos? Não perguntei isso, mas diante de meu estranhamento, estampado no rosto cingido, ela pareceu ter lido meus pensamentos; aconselhou-me a não interpretar rasamente o que acabara de ouvir. Tratava-se de algo muitos furos acima do sublime e talvez fosse eu um dos raros homens, senão o único, capaz de vir a alcançar um dia esse significado. Não sem razão, nos escolhêramos.

Discordei. Não foi exatamente para isso que nos escolhêramos. Não foi para passar a ter minha vida sexual limitada aos arroubos da dela com minhas tomadas fotográficas.

Isadora respondeu ser essa uma circunstância de que não podia por ora abrir mão. E sentenciou: mais cedo ou mais tarde tudo tomará outra cara. Você sabe. Quando nossas almas tiverem finalmente se entendido, aí sim, nossos corpos se entenderão.

Consolidou-se entre nós, a partir daí, uma relação complexamente simples, se posso dizer assim. Era algo que não era, estacionado num espaço indefinido entre o ser e o não-ser, o ir e o ficar, a possibilidade e a impossibilidade. Tudo administrado e regulado milimetricamente por ela, com meu passivo assentimento. Isto é, fraquejei.

Falo assim porque, a despeito da fornalha sensual que percorria nossos encontros, tudo aquilo que parecia estar por um segundo topava com empecilhos de parte dela. Nos agarrávamos sob as árvores do parque como animais, mas com limites claros. Eu a encostava na parede dos corredores para que nossos corpos vestidos se esfregassem, mas por instantes fugazes, nada mais. O nada acontecia por impedimentos dela, pretextos – sempre graciosos pretextos, cheios de pequenas hipocrisias – indo do pouco tempo disponível até a disfunções de seu ciclo menstrual, que acirravam as tpms e precipitavam o evento.

Como a situação não exigia álibis, Isadora lançava mão desses argumentos impeditivos como peças de um jogo de excitação. Para enlouquecer-me o desejo (e ela sabia disso), bastava declarar-se virtualmente minha, entregue, rendida, não fosse algum pequeno detalhe adiador que não dependia dela.

Penso que além de ocupar espaços negligenciados por minha recusa em avançar sobre ela, em lhe impor uma situação, manipulou com perspicácia a transparência com que me expunha, quando lhe falava de mim. Conduzia o diálogo rumo a meus pontos fracos, que conhecia muito bem, e desviava-se dele, diálogo, quando o que restava de minhas forças vinha no sentido oposto.

Frente a esse oceano revolto de impossibilidades definitivamente provisórias, optei por ficar, submetendo-me por completo à provocação arisca e desvanecente da libido de Isadora. Em casa, dediquei-me a devorá-la nas fotos, mais sublimes que a tela de Goya. Entreguei-me à fantasia de arrebentar limites, de tapar-lhe a boca cheia de argumentos e possuí-la à força, de inundá-la com litros daquilo que meu prazer solitário produzia por ela.

7

Isadora pediu-me, logo a mim, artista, que a fotografasse no aeroporto recebendo a visita da mãe, após três anos de não se verem. Evitei indignar-me. Recusei com polidez, sugerindo-lhe que buscasse nos *foto studio* alguém que fizesse o serviço. Retrucou que esperava de mim não uma chapa fotográfica, mas um trabalho de arte, algo digno de um Cartier-Bresson. Não me convenceu. Esclareceu-me que a mãe iria direto do aeroporto para uma estação de águas. Ficariam mais algumas semanas sem se ver e, a bem da verdade, a foto não seria nunca mais importante que a situação que minha presença propiciaria. Não entendi. Titubeei. Isadora precipitou-se em meus braços e subornou-me com um beijo louco, retirando-se antes que eu esboçasse qualquer pergunta.

Na manhã do sábado, cheguei em cima da hora ao saguão do aeroporto. Vi Isadora festejar a mãe à saída do portão de desembarque. Eu não a conhecia, acreditem. Comecei a disparar a câmara qual repórter-fotográfico, com o auxílio estético de minha familiaridade com as enquadrações oblíquas, laterais em tomada baixa, que geralmente os repórteres não têm. Comportei-me como um fotógrafo profissional em serviço, evitando vazar ares de intimidade com a contratante.

De plano frontal, um superclose da mãe, entre surpresa e molestada com o atrevimento da objetiva. É esta a foto. Traços duros, imperiosos, inderretíveis. Pois saibam que a dependurei no laboratório ao lado da foto de Isadora oferecendo os peitos para a câmara. Doce provocação. E como não existe prazer que não diminua ao ser confessado, não falarei do prazer que me causou essa transgressão.

Prossegui fotografando até o momento em que filha e mãe se despediram e esta embarcou sozinha numa *van* rumo à estação de águas. Tão elementar a foto quanto qualquer outra no gênero, não fosse a câmara baixa que engrandece a ambas em quadro. Notem nesta outra foto que o carro se afasta e revela na calçada do outro lado um homem que vem em nossa direção.

Foi quando Isadora apresentou-me o marido.

Duas sensações me bateram de chofre: estupefaciência pelo inesperado (Quem era aquele sujeito?!... Por que chegou depois?!) e, imediatamente junto, uma orgulhosa bobeira, por me ver na virtual e hipócrita contingência de dividir com ele sua mulher monumental. Aos poucos me refiz e senti-me invadido por ventos de insegurança e desolação. A que ponto chegamos? Por que Isadora se ensaiava casada com um, encoxando-se à tarde com outro nos corredores? Qual papel *pela metade* me cabia nesse enredo inventivo, meio Shakespeare meio Mirabeau, entre Eça de Queirós e Carlos Zéfiro?

Fui embora sem me despedir, interpretando alguma decepção. Sim, interpretando, porque este último acontecimento me soou como a inserção forçada no *script* de uma cena que não cabia, mas não poderia ficar de fora. Uma miragem mal combinada? Não estou certo (porque não quero) de que foi o sujeito da foto quem Isadora me apresentou. Nem se chegou mesmo a me apresentar alguém, pois a bem da inventividade de meus sentidos, às vezes à deriva, certas figuras não devem ter rosto. Basta-me sabê-las. Ou fazer de conta.

8

Voltamos a nos ver duas longas semanas depois, numa quinta-feira à tarde, na *matinée* de um cinema de *shopping* num bairro afastado, desses com instalações nas poltronas para baldes de coca-cola e pipoca. O filme era o de menos. Fomos parar ali por imperiosa vontade juvenil de Isadora, que insinuava com excitação os perigos de repetirmos pontos de encontro como a casa de chá, frequentada por gente conhecida. Achei estranho o cenário e emocionalmente esquisita a escolha, mas, depois de tanto tempo sem vê-la, sem saber dela (e de mim, talvez), sem saber como me reposicionar diante da invenção nova – ela casada – meu único ímpeto foi deixar correr as coisas para que alcançassem algum desembocadouro. Isadora era dona da situação. Ao mesmo tempo que lhe causava *frissons*, seu *modus faciendi* insólito me desconcertava, excitava e escravizava. Eu me sentia à mercê dela.

Sentados lado a lado no cinema quase vazio, luzes se apagando, o filme prestes a começar, ela sussurrou ao meu ouvido um lânguido *me beija*, ao que atendi com a presteza dos cegos e a loucura dos sóbrios, desvanecido, mas com um sentido em estado de alerta para com o entorno. Nossos lábios se renderam e, por sob o refrescante tecido leve de sua saia, meus dedos foram invadindo com sedução e ternura o espaço de suas coxas sedosas. Ela interrompeu tudo com um *hã-hã* sussurrado e o dedo indicador da mão direita fazendo *não* aos meus olhos. "Esqueceu que sou uma mulher casada?", perguntou-me com deslavada marotice, desgrudando-se. Tenho até hoje a impressão de que o objetivo do encontro cumpriu-se naquela cena.

Em condições normais, isto é, com outras mulheres, eu certamente reverteria o impasse com talento sensual e leveza. Mas, com Isadora, as condições normais já eram outras, anormais. Apesar de toda carga erótica, esse movimento se enquadrava perfeitamente em seu implacável administrar das coisas, que me punha bobamente de mãos amarradas.

Nada consegui senão cruzar os braços como criança emburrada, ao que ela, provocadora, excitada, reagiu recolhendo a saia muito acima do meio das coxas e juntando e inclinando as pernas enlouquecentes. Recostou a cabeça em meu ombro e lastimou, com delicadeza afetada e juvenil, que eu não tivesse trazido a câmara.

Recolhi o ombro e, com ar de indagação, a encarei na penumbra (tão antifotográfico o ambiente!). Falsamente desapontada, não perdeu o ensejo: pediu-me com doçura que, por favor, deixasse sua cabeça repousar em meu ombro e, dali para diante, não fizesse nada, absolutamente nada. E nessa posição, com a mão direita por sobre a roupa, acariciou-se os peitos, circundou-os com os dedos ao longo, desceu a mão lentamente para o ventre, pressionando-o com íntimo domínio, alcançou o alto das coxas, retornou ao umbigo, já por dentro do vestido, estendeu os dedos com incontida decisão, invadindo por cima a calcinha alva de algodão, e permaneceu lá em fricções delicadas, ritmadas, até explodir num gozo intenso e silencioso.

E eu, lá, estático, sem fazer nada, cumprindo penosamente o solicitado, sem nenhum entendimento de por que a explosão solitária da libido de Isadora dependeria de minha vigilância passiva.

Após um suspiro desmaiado e repleto de contornos lânguidos, Isadora ergueu-se no escuro determinada a sair de lá. Imaginei com entusiasmo que sonhasse darmos sequência àquela loucura em local menos público, mas qual nada: disse-me que o filme a cansara e que fôssemos conversar, de preferência na casa de chá, a mesma que quisera evitar.

Lá fora, já à luz do dia, seu rosto sério se transformou num repente, quando me olhou com assanhamento e, sorrindo, percorreu levemente meus lábios com os dedos com que se masturbara.

9

Convenci Isadora a desviarmos para uma casa de vinhos. Pensei que se a entupisse com algo alcoólico conseguiria dominar os acontecimentos, ao menos um pouco.

Conversamos longamente no mesmo diapasão em que tento, sem sucesso, tomar as rédeas dessa espécie de potranca indômita. Mas com o encher e o esvaziar dos copos, creio que os efeitos psíquicos do gozo do cinema aplacaram-lhe a retaguarda, deixando-a leve e malemolente. E o vinho solto cuidou de lhe entreabrir as palavras.

Disse-me que suas fantasias eróticas não eram necessariamente com o sexo oposto nem com o seu próprio, mas com as fotos como as que fiz, na maravilhosa constatação visual de suas possibilidades sensuais, muito mais profunda que sua experimentação física. Estavam no âmago de sua alma de mulher que se basta.

Pareceu-me, à primeira vista, que ela falava de uma necessidade de se ver provocando a si própria. Seria alguma espécie de narcisismo, em que direcionava a libido ao próprio ego? Se sim, qual o papel de seu anteposto, o homem? Qual o meu papel nessa história?

Respondeu-me, com os olhos em maré baixa e a voz ligeiramente ébria, que o homem – mesmo eu – ainda lhe era pouco, não era o fim, mas um meio de lhe proporcionar um salto numa pinguela rumo a um espaço vazio em que estava a completitude. O masculino servia-lhe muito para atiçar, com os olhos e com o desejo flamejante, a fêmea insaciada, mas não para completá-la, pois a comunhão essencial, a totalidade, estava além do homem, num espaço atingível nela somente por ela própria, como se resumisse seu ser a dois polos íntimos que se relacionam com autossuficiência num mesmo ambiente interior.

Pura metafísica, metafísica onanística, brinquei.

Olhos borbulhantes, fez que não com a cabeça. Algum dia, quem sabe, eu a entenderia.

E por que, então, essa história de... casada?

Isadora riu alcoólica e maliciosamente. Era preciso ser casada para ser infiel. A sensação de viver na iminência do adultério, na linha divisória entre a conveniência e a ilicitude, lhe caía na alma com uma força libertária inatingível para mera compreensão, porque não pertence a este plano o poder feminino de repartir.

Percebi aí o quanto a excitava o tal poder feminino de repartir e como redobrava nele seus próprios esforços para que eu, como nunca antes, seguisse junto. Então, com a consciência de minhas hipocrisias, perguntei se alguma vez havia discutido isso com o marido recém-surgido do nada.

Nunca. É imprescindível fazer escondido. Disse que o que ofertava em seu olhar disfarçado naquela primeira foto, a da festa, estava explicitamente posto entre os olhos dela e os de quem olhava, no caso, eu. Sem nenhum contato físico, alcançamos uma intimidade sensual muito mais completa do que a proporcionada por qualquer casamento. Sabíamos muito bem disso. Se nos surpreendessem o olhar naquele momento, destruiriam nossa essência erótica: a intimidade do ver e ser visto.

Mas que diabo de repartir, de fazer escondido, era esse, se o homem, para repetir as palavras dela, não lhe era um fim, mas apenas um meio de fazê-la gozar sozinha?

Por acaso, perguntou-me, não estava repartindo nada comigo no cinema? Seria um equívoco tomar minha presença por *não participativa*, se a impulsionei a uma completa libertação, desde nosso encontro até a hora em que seus dedos me fizeram provar nos lábios o gosto difuso de seu sexo. Minha presença como observador masculino teria tido importância decisiva na cena, até mesmo em seu levantar abrupto no escuro, pois lhe fazia correr coxas abaixo o toque sensual do vestido, escondendo as pernas e o segredo de seu orgasmo inebriante. Uma experiência de totalidade, disse, vivida por ela própria, da qual eu, devido a minhas limitações, não soube participar.

Que louco de pedra sou eu, pensei. Mas já me sentia embarcado por ela rumo a portos que seria incapaz de imaginar alguns meses antes! Como pôde nossa relação em tão poucos anos ter conhecido texturas tão singulares quanto *non-sense*? Como poderíamos interpretar tão bem, a ponto de mergulharmos insanamente em profundezas tão mal iluminadas?

Que grande talento o meu para o nada!

Decidi que ela não estava em condições de dirigir seu carro de volta para casa e que o melhor seria irmos para a minha. Perguntou-me como me comportaria. Respondi que, no trajeto, como motorista; em casa, como anfitrião e canalha, pois, sem dúvida, me aproveitaria do estado alcoolizado da hóspede e abusaria dela. Recusou. Disse-me que, por mais irresistível que fosse aos olhos de uma mulher, minha canalhice impunha uma submissão que ela, Isadora, não podia aceitar.

Prometi dar-lhe umas duas horas de trégua, até que o *alto* do vinho baixasse. Recusou.

Mas que droga de adultério pela metade é esse, perguntei provocativo. Respondeu-me com maliciosa cumplicidade que tinha razões para recuar naquele momento, desde ter de articular as coisas em casa para se ausentar – o que não dava mais tempo – até não poder voltar para casa com o corpo impregnado do cheiro de outro. E olhou-me de soslaio, à procura de uma luz em meu rosto, de algum sinal de que tivessem me estimulado fantasias ilícitas suas desculpas para não... repartir. Por via das dúvidas, jogou (isso mesmo:

jogou!) que, para ela, qualquer algo que não partisse dela própria seria aceitar passivamente a submissão. E isso, jamais. Ainda assim, objetei que, desde que o mundo é mundo, o homem e a mulher têm papéis definidos na relação carnal. O masculino é, por natureza, ativo. O feminino, passivo. O encontro significa encontro, não submissão de um ao outro.

Isadora interrompeu-me para dizer o quanto a excitava ver meu embate masculino para não sucumbir a seu argumento de sempre: o encontro acontecerá no momento em que tiver de acontecer e partirá dela. Sorri resignado. Sem me dar pausa, ela perguntou-me o que teria mais me excitado na conversa daquele fim de tarde, o *repartir* como postura ou como ameaça.

Essa pergunta me lançou inesperadamente sob o foco de luz. Não respondi.

10

Quatro ou cinco dias após, li na secção de cartas do leitor de uma revista semanal a repercussão de uma reportagem oportunista que inculpava os muçulmanos pelo atraso do mundo, devido à prática da clitoridectomia por algumas tribos.

Ao lado de cartas estupefatas, chocadas com o que consideravam a barbárie maior de nosso tempo, vinha uma longa e reflexiva, lembrando que a prática não era exclusividade muçulmana, tanto que esteve em voga na Grã-Bretanha e nos Estados Unidos até o início do século 20. Citava um artigo do médico americano Dr. A. J. Bloch, que discorria sobre como uma colegial de 14 anos de idade, padecendo de distúrbios nervosos e palidez, fora curada por excisão do clitóris seguida de palestras sobre os perigos da masturbação. A carta era de Isadora, doutora em Psicologia do Comportamento.

Apesar do discurso às vezes muito refinado de Isadora, sua aparente imaturidade emocional jamais permitiria a ninguém (exceto a mim, que já sabia) imaginá-la com uma formação acadêmica tão avançada naquele campo. Admirei sua tomada de posição na revista, mas não pude conter um desses sorrisos pequenos e inúteis ao me lembrar que, dias antes, a doutora em psicologia do comportamento, sentada a meu lado, se masturbara no cinema. Confesso que esse tipo de participação na intimidade feminina, essas – por que não? – delicadas promiscuidades me agradam, porque me põem algo essencial em prontidão. Fazem brotar-me o espírito providencial do fotógrafo que sou, disfarçando o olhar predador e devasso.

Isadora acreditava que a escolha profissional, mesmo a mais consciente, escancarava as dificuldades remotas das pessoas. Citava um pensamento curdo, pelo qual as pessoas vão ser na vida aquilo que lhes cura os males da alma. Duvido que os curdos, povo montanhês de pastores e agricultores, chegassem a elaborações tão metropolitanas e ocidentais. Mas não importa: mesmo inventando (Isadora era refinada na arte de inventar), ela tinha razão. A fotografia ameniza-me a alma perturbada por não conseguir fixar sensações de vida que passam rápidas, como que pela janela de um trem em movimento. Consola-me registrar em filme seu *leitmotiv*, embriagar-me com o que me completa e, às vezes, comentar as fotos como faço agora, destacando sempre o invólucro estético de cada tomada, a única abordagem objetiva que tenho a oferecer às pessoas superficiais.

Quanto a Isadora, tinha por que doutorar-se no que se doutorou. Não que dificuldades psicocomportamentais lhe fossem um carimbo na testa e na vida. Não era como jornalistas com dificuldade de expressão, médicos com bronquite asmática, atores tímidos, arquitetos sem noção de organização espacial ou nutricionistas obesas. Ela, ao contrário do mundo, estava certa de que sabia localizar em outros âmbitos a chave de suas coisas difíceis.

Disse-lhe que minha impressão sobre ela era outra, cheia de contradições: de altos enlevos e baixas emoções. Eu percebia algo de muito sublime na busca do essencial erótico que empreendia, mas sua prática pouco a diferia de qualquer adolescente postada diante de um *site* pornográfico ou dessas senhoras casadas que adoram o assédio de garanhões, porque julgam não poder abrir mão disso.

Esse meu comentário feriu-a como punhalada. Considerou-o de uma mediocridade atroz, indigno de alguém que se destaca dos outros por fotografar tão finamente a alma feminina. Eu deveria saber que tudo na vida tem seu teto, um limite claro, uma impossibilidade latente de superação. Exceto o orgasmo, a única superação possível. Os métodos para chegar a ele são poucos e igualmente limitados, são como afluentes de um mesmo rio. O que busco, disse, não é o rio, é a completitude, o oceano impossível de divisar da foz dos córregos.

Isto posto, fechou a ducha, envolveu-se numa toalha vermelha e pulou para fora da banheira, de onde eu, sentado no chão, a fotografava. Disse que meu comentário medíocre estragou a ambiência e a impediu de nos propiciar, a ela própria e a minha câmara (nunca a mim!), uma possibilidade de superação. Por isso, nem queria ver depois as fotos tomadas no banho.

Dentre as muitas poses, escolho esta, em que, com a perna direita apoiada na lateral da banheira, ensaboa a coxa com a candura de quem cuida de um altar, podendo-se ver, na penumbra do final da estrada de suas pernas, como é delicada a penugem que lhe protege o sexo. Que bela foto! Tudo aqui é dádiva, tudo está contido em Isadora, como parte dela ou como sua razão de ser.

Nua no quarto, jogou-se na cama ainda posta, enquanto eu, ajoelhado no chão, guardava o equipamento. Confessei-me em vias de atacá-la. Um estupro, quem sabe. Repicou que eu estava parecendo um homem-bomba anunciando o local e a hora da explosão.

Seu comentário irônico soou-me como convite se desvelando. Ergui-me e a atingi com toda a explicitude de meu olhar. Ela saltou da cama e se pôs a vestir-se, brincando que seria preciso, antes, articular a cobertura fotográfica do estupro. Sugeri não contratarmos outro profissional: instalaríamos a câmara sobre um tripé, enquadraríamos a cama, mergulharíamos nela e fotografaríamos usando um disparador automático.

Isadora considerou muito burocrático o estupro que eu armava. Por ela, dispensava-se a cama. Disse isso enquanto acabava de vestir uma segunda roupa, trazida numa sacola, e ia ao espelho maquilar-se.

Trajava uma blusa laranja gritante exageradamente decotada com os peitos quase saltando fora, a cintura à mostra e uma pequeníssima minissaia preta. Seus lindos pés ocupavam agora um par de sapatos pretos altíssimos, estilo plataforma, o que a fazia chegar quase à minha altura. Sentado num sofá do quarto, de onde podia ver seu reflexo no espelho, acompanhei silenciosamente a destreza com que aplicou no rosto uma pintura carregadíssima.

Até onde vai isso, perguntei-me. Por ela, inimaginável. Por mim, não sei em qual momento desistirei de seguir adiante.

Voltou-me seu sorriso enorme de batom vermelho-paixão e notou o volume explícito que tomara lugar em minha calça, observando-o com terna avidez. Abri o zíper e pedi a Isadora que fizesse algo, o que fosse, o que quisesse, mas aplacasse de uma vez o desejo que me queimava a alma. Respondeu-me que precisaria da ambiência que eu estragara, mas que não seria desta vez tão cruel quanto eu imaginava. Reclinou-se sobre meu membro ereto e, em coisa de dois segundos, depositou nele a marca de seus lábios de batom. E foi só.

A força agora irresistível de sua presença deslocou-se outra vez para diante do espelho do banheiro. Retocou o batom com a expressão ensaiada de quem condescendeu, pedindo-me marotamente que não ficasse mal-acostumado. Entre malsatisfeito e contrafeito, brinquei que sentia enorme vontade de atacá-la, não tendo ainda decidido se para violentá-la ou arrebentar seus dentes.

Por que isso de atacar, violentar, arrebentar, perguntou, mudando a feição como se tivesse passado a outro ambiente. Não são verbos estranhos ao mundo que você próprio pôs à sua volta? Respondi que nunca me havia dado o trabalho de pensar nisso, apesar de sentir às vezes uma vontade primitiva, machista mesmo, de combater a qualquer custo, na porrada, o mal que ela me fazia. Encarou-me. Que mal? Que mal posso estar fazendo a você, se tudo o que vislumbro é atingirmos juntos aquilo que apenas para os medíocres é inatingível? Que mal?... O mal de se recusar a mim, respondi. E isso é das mulheres, o mal que arruína a Terra.

Saímos do hotel no início da noite. Vestida como estava, ela era outra, irreconhecível para o estafe da portaria, não mais a moça discreta que chegara lá comigo poucas horas antes.

11

Perambulamos de carro pelo centro velho da cidade até perto de nove da noite. Para não correr o risco de ser reconhecida, a doutora em psicologia do comportamento preferiu comermos no *drive-thru* de uma lanchonete da moda a jantarmos num restaurante. Nesse tempo, desfilou historietas picantes da adolescência com tal graça, que ainda mais me senti completamente à mercê dela.

Falou-me da sensação de terror e culpa que a atacava aos domingos na igreja, a de um míssil atingindo um salão de festas. Parecia que as imagens pintadas nos vitrais a inculpavam do alto. Até que um dia, numa cerimônia de casamento, libertou-se das culpas cristãs. Certa do óbvio, de que ninguém na igreja a inspecionava, aproximou lentamente o sexo do suporte de madeira do banco da frente e deleitou-se numa sequência de ligeiras e quase invisíveis pressões com o corpinho. As imagens piedosas dos vitrais assistiram a tudo do alto sem despencar. Isadora sentiu, aos 13 anos, que tomava posse de seu próprio corpo.

E a primeira vez que o repartiu com outrem, minimamente que fosse, resultou num drama existencial não apagado da memória. Da memória da mãe, aliás. Ao sair do banho, ainda nua, acolhia nos braços e acariciava seu cãozinho *poodle*, com o qual rolou na cama até alcançar uma posição desavisada em que, de repente, se via semiabrindo as pernas e induzindo o animalzinho a lhe lamber o sexo. O que lhe causou imenso prazer e uma doce sensação de paz, interrompida pela mãe, que a surpreendeu.

E já que desfolhava com soltura o almanaque de seus feitos eróticos, perguntei sobre como deixara de ser virgem. Olhou para mim como que desclassificando uma pergunta supérflua. E era mesmo.

Estacionamos numa avenida do centro velho, outrora habitada pela aristocracia e, mais tarde, por bancos e agências de viagens. Descemos. Preparei a câmara e avancei pela calçada, distanciando-me de Isadora, que parou junto ao meio-fio e se pôs na vitrine para os carros que passavam, com trejeitos ensaiados de puta. Sendo estranha ao ponto, ia ser abordada por duas outras frequentadoras incomodadas, quando intervim, dando uma nota de 50 a cada uma. Câmara em punho, inventei que se tratava de uma curta sessão fotográfica para uma fotonovela. Acreditaram e nos deixaram em paz.

Foi lá que tomei esta sequência de três fotos, esteticamente ótimas, se considerarmos a iluminação insatisfatória e as circunstâncias, que me levaram a operar com dissimulação. Pode-se ver, nesta, Isadora fazendo ponto numa postura fascinantemente vagabunda. Reparem que há algo de superior em seu estilo de exposição; nesta outra, o *savoir-faire* encantador e vadio com que se oferece ao se dar conta da aproximação de um automóvel. Parece que o faz com o resplendor de uma ave garbosa no cio; e nesta, com meio corpo para dentro do carro, no lado do passageiro, Isadora negocia-se. Destaco o primeiro plano, em que a minissaia deixa a descoberto na rua sua calcinha branca reluzente, valorizando o alto de suas coxas deslumbrantes.

Quinze minutos depois, em meu carro, a caminho de casa, ela ainda extasiada pela vivência, perguntei que droga de oceano sublime esperava encontrar naquela situação decadente, em que imperam o sexo vulgar e o dinheiro. Qual dinheiro, qual nada, respondeu-me. O que podem os homens contra o que trago na alma? Vocês homens, com suas ideias e seu dinheiro sujo, jamais vencerão o poder incontrolável e definitivo da mulher: o de oferecer e recusar.

Considerei isso ambíguo e contraditório. Cruel como oferecer água e negá-la em seguida a quem morre de sede. Respondeu-me que ao homem o que não importava era a pureza da água. Ao contrário, apenas tentava comprá-la pelo melhor preço; sabia ser incalculável o valor do que a mulher oferecia, mas, assim mesmo, avaliava por baixo e propunha. Nada mais poderosamente sensual e enlouquecedor do que anarquizar essa dinâmica do homem, reduzir a pó o poder do dinheiro, como só a mulher sabe: oferecendo e recusando. Negando.

Nenhuma daquelas mocinhas está lá para recusar, provoquei. Nenhuma, concordou. Mas o foco é outro. Elas dependem da regra estabelecida para o jogo; já eu, disse, existo para implodir as regras.

Perdido na selva desses argumentos, explodi num grito tenso, medroso, mas cheio de admiração: Você é maravilhosa, mas é louca, completamente louca!

Olhou-me de esguelha enquanto eu estacionava o carro à porta de sua casa, sorriu com ironia e comentou que um médico americano, um certo Dr. Jones, atribuiu-se a descoberta, em 1889, de que a loucura nas mulheres é causada pela masturbação, estando seus descendentes sujeitos à insanidade hereditária.

Desculpe-me por ter-me referido a você, brinquei. Completamente louca, então, era sua bisavó; você apenas herdou a insanidade. Rimos. Isadora completou com ares de envaidecida reflexão: A bisavó, não sei, mas a bisneta pensa melhor e mais livre.

E eu, que me escondia em brincar de profissional para me arrastar atrás daquela louca, o que era? Sadio? Nem me dei o trabalho de responder a mim próprio. Limitei-me a prosseguir aceitando a impressão que Isadora sempre teve de mim: a de um pré-adolescente crescido, desses que não sabem onde pisam os pés.

Medindo-a com olhos de lobo, perguntei se pretendia mesmo entrar em casa em trajes de puta. Sorriu com malícia nos grandes dentes alvos e contou-me que esquecera a chave em casa e, àquela hora e naqueles trajes, não convinha importunar o marido. Claro que encenava. Mandou-me que descesse do carro, escalasse o muro do vizinho até o alto, saltasse por sobre as trepadeiras para seu quintal e destravasse, por dentro, o portão.

Cumpri à risca o desenho da fantasia. De dentro do automóvel, Isadora flagrou-me com minha própria câmara no momento em que saltava sobre as trepadeiras. É esta foto. Precisa no foco mas doméstica na enquadração.

Destranquei e entreabri o portão, com todo o cuidado para não fazer ruídos, o suficiente para que Isadora ingressasse por um vão na penumbra do quintal, se desnudasse ali mesmo num canto de paredes e vestisse a roupa que trazia na sacola, transformando-se novamente em psicóloga do comportamento e dona de casa. Tudo muito rapidamente. Só a maquilagem forte destoava.

Aproximou-se de volta, entreabriu o portão, beijou-me com desvelo e, fugidia, foi-me empurrando para fora. Antes de fechar o portão, lançou em minhas mãos a sacola em que pusera a blusa laranja gritante e a minissaia preta e cochichou que era um presente para mim, para que guardasse de lembrança. Lembrança de quê?, perguntei. Olhou-me com descoberta. De minha bisavó, respondeu com um sorriso maroto, enquanto abria-me o zíper e, protegida na noite pelo estreito vão do portão, masturbou-me com a determinação de quem ignora obstáculos. Com o rosto quase colado ao meu, os lindos olhos cintilantes à réstia de luz que vinha do poste da rua, Isadora sorveu com lascívia minha rendição, meu mergulho no precipício comandado pela sabedoria de sua mão direita.

Quando tudo cessou e dei por mim, refeito mas inebriado, lá estavam ainda, grudados nos meus, os olhos extasiados de Isadora, com o esplendor de quem não nega a autoria. Soltou-me. Cochichei que limpasse a mão na roupa usada que me dera de lembrança. Recusou. Lavaria a mão dentro de casa. Perguntei se sem risco. Sem risco não valeria a pena, sussurrou. Ter feito ao portão de casa o que acabava de fazer já era, enfim, um grande risco.

Ainda pelo vão do portão, ela me beijou levemente os lábios num tom de despedida. Retruquei que entre as lembranças daquele gozo, marco histórico dos novos tempos, faltava a calcinha branca reluzente. É uma criança, replicou;

mas sabe interpretar. Em menos de cinco luxuriantes segundos, ela levantou o vestido florido longo, tirou a calcinha, selou-a com os lábios, passou-a a mim pelo vão e fechou o portão.

12

Telefonou-me às três e quinze da manhã, num estado indefinido entre insônia, álcool, barato de fumo e desequilíbrio. Lembrara-se de dizer que o Dr. Jones considerava a masturbação feminina uma lepra moral. Perguntou-me, inebriada e dengosa, se eu a achava uma leprosa. Não, não achava, respondi melosamente sonado. Prosseguiu dizendo que estava no auge de uma crise conjugal e que precisava saber se eu teria a coragem de fazer com ela o que o Dr. Bloch fizera com a menina adolescente.

Assustei-me. Não entendi absolutamente nada de como estava e o que queria. Para devolvê-la a si e à fantasia, inventei de perguntar pelo marido. Ele dorme, respondeu. Indaguei por que não ia também para a cama. Estou na cama, ao lado dele, sussurrou, como se cuidasse de não acordá-lo.

Estaria brincando de *fazer escondido* comigo, suporte fantasioso para seus enlevos, ou brincava de *fazer escondido* de mim? Para *se* ou para *me* excitar? Aconselhei-a a dormir logo, a descansar, e desliguei.

Às oito e meia da manhã, surgiu Isadora, inesperada, em meu estúdio fotográfico. Vestia uma fina blusa de lã branca e saia preta, penteado sóbrio e pouca maquilagem. Quase uma senhora. Trazia embrulhado um pôster sobre o qual desejava conversar, mas preferia começar o dia visitando-me em meu local de trabalho. Deixei-a passear à vontade entre os tripés e os refletores de luz do estúdio, enquanto me trancava no laboratório para processar alguns negativos.

Voltei ao estúdio meia hora depois e a encontrei sentada num praticável, quase ao nível do chão, completamente embevecida diante de algumas de suas fotos ampliadas, que ela descobriu no arquivo e colou com crepe no ciclorama. Com olhos maravilhados pregados em seu próprio acervo-altar, balbuciava um mantra esquisito, num culto à sua própria sensualidade, imagino.

Retirei-me em silêncio para a sala contígua, a do arquivo de negativos, tentando arredondar os pensamentos amarfanhados pelos acontecimentos do dia anterior, o que mal consegui. Difícil conjugar situações tão próximas no tempo e tão desencontradas quanto o banho no hotel, a falsa prostituta na avenida, o gozo na porta de casa, o louco telefonema da madrugada e o mantra pela manhã. Ela tinha razão: era loucura, mas tinha lógica, só que uma lógica impossível de alcançar, pois pertencente a alguma categoria desconhecida, ao menos por mim. Só que minha loucura vivia promiscuamente com a dela.

Pouco depois, entrou na sala, sentou-se diante de mim e perguntou-me se estava feliz. Com a despedida, ontem, começo a ficar, respondi. Mas ainda é como se tivesse que saltar da pré-adolescência para a juventude, respondi sorrindo. Há chão pela frente.

Pouco chão, retrucou. A próxima foto é a penúltima. Ergui as pálpebras e a encarei com silêncio. Isadora pediu-me uma reprodução que juntasse uma das minhas fotos dela ao pôster que trouxera. Perguntou-me se havia como. Sim, havia. Com um *scanner*, um *photoshop* e alguns acabamentos computacionais, tudo era possível. E com esmero.

Reagiu com entusiasmo. Queria que eu sobrepusesse seu rosto com o sorriso de lábios fechados da primeira foto, a da festa, e seus lindos peitos da segunda foto, aquela em que erguera a blusa colante, a uma das duas serpentes do pôster que desembrulhava, que eu vira em casa dela.

Com tanta tresloucura eu dera de frente, que essa era apenas mais uma, com uma diferença: os últimos acontecimentos, na noite passada, apontavam para um cenário possível. Sentia-me, de repente, pronto para resgatá-la daquele narcisismo esquisito, que eu não sabia bem o que era, e trazê-la de volta ao âmbito dos loucos comuns, como eu. Pelo sexo. A iniciativa dela no portão de casa, mesmo doidivanas, parecia redimensionar seus limites, indicando uma virada. Convenci-me de que me cabia agora tomar a rédea dos acontecimentos. E eis-me outra vez recolocado nos trilhos da insensatez.

Decidi não deixar passar batido nenhum conteúdo que dali para frente Isadora trouxesse. Perguntei o que faria com a junção ampliada das fotos. Era para ornamentar a sala dos mantras, respondeu. Queria ter na parede uma representação de Lamashtu, a deusa babilônica que dá vida aos mortos. Corpo de serpente com rosto e peitos de mulher.

Deduzi que quisesse escolher uma das serpentes e excluir a outra eletronicamente. Jamais, reagiu. A segunda serpente, assim como está, ao natural, é Pazuzu, o Senhor da Morte. Seu papel é posar ao lado de Lamashtu, a *Grande Senhora*. Ele, masculino, mata; ela, feminina, dá vida. E a cada vez que ele tenta fecundá-la, ela o pune, banindo-o para longe dela.

Perguntei com ironia se planejava inaugurar uma casa da cultura babilônica. Disse-me que seu interesse era puramente decorativo e que, por conta de sua formação em Psicologia, todos esses mitos femininos a fascinavam. Esse, por exemplo, teve a ver depois com a crença judaica pela qual os descendentes de Eva pisariam a cabeça da serpente; também com a opinião dos rabinos de que a serpente fora o primeiro amante de Eva e verdadeiro pai de Caim.

Levantei os olhos com incontida curiosidade. Sim, prosseguiu, já naquele tempo a mulher sabia das coisas. Se não fosse Deus atrapalhar tudo... Riu maliciosamente e foi saindo.

E vejam a miniatura da superposição: aqui está Isadora em corpo de serpente. Apreciem o sorriso de boca fechada e os seios e percebam que a mudança de contexto fotopictórico produziu uma nova leitura: Isadora passa a ser a que seduz e pune o masculino fecundador.

13

Apanhei Isadora à noitinha, uma semana depois, à porta de uma galeria no centro da cidade. Contou-me ter adorado a superposição que eu mandara lhe entregar em casa; não me ficou claro se adorara o trabalho ou a si própria. Perguntei com indiscreta ironia pela opinião do marido a respeito. Fuzilou-me com um canto de olho e me sugeriu que fosse perguntar a ele. Vocês se entendem tão bem, cutucou.

Isadora vestia um macacão azul cheio de bótons, o que me fez pensar – eu disse a ela – que estivesse voltando do primeiro dia de aula na faculdade, tal era seu visual de caloura. Não deu atenção.

Enquanto rodávamos de carro pela cidade, dizia-me que, além de companheiro e grande artista da fotografia, eu era um confidente maravilhoso, mas que começava a se sentir em minhas mãos como um negativo fotográfico, em que estão impressos todos os seus segredos. Ainda bem que chegávamos ao último ato.

Que último ato, perguntei. O que você sempre quis, respondeu, sorrindo com terna lascívia, como só ela, e pediu-me que rodássemos até um *drive-in* qualquer da periferia. Disse a ela que não teria nenhuma dificuldade em atacá-la, violentá-la, já que, fosse o que fosse, seria feito com a mesma paixão que me arrastava atrás dela. Mas, por que não num hotel? Ou motel? Ou minha casa?

Não. Um *drive-in* de periferia, decidiu. E por que me violentar, perguntou. Sempre brinquei com isso, respondi, mas se quer uma resposta pontual, é para trazer você de volta. Como são as coisas, exclamou. Eu pensando em levá-lo e você em me trazer.

Aceitei rumar para a mais próxima periferia à procura de um *drive-in*, mas avisei que me negava a fotografar a cena, pois não teria como interpretar dois papéis ao mesmo tempo. Repicou não haver por que não registrar aquele momento, mas me livraria do serviço: ela própria trazia uma microcâmara de vídeo para fixar no carro.

Imaginei a cena que se aproximava, refleti e indaguei se não havia aí um desvio em sua ânsia por completitude, pois eu, homem, deixaria de ser meio para me tornar fim. Silenciou. E depois?, perguntei. Depois, respondeu, é como você me disse uma vez: depois é futuro.

14

Desabotoei Isadora enquanto mordiscava-lhe os lábios com avidez. O lindo corpo de mulher, cheio de frescor, que eu tanto vira, saltou fora do macacão azul perfumado. A pele bronzeada de trinta anos, viçosa, rebrilhou à luz dos postes do *drive-in*. Os bicos túmidos dos seios libertos e envaidecidos, parecendo mangas-rosa, os olhos cintilando na penumbra, os dentes vivos de seu sorriso, que não esquecerei jamais, fizeram-me sentir seu dono absoluto e de seus caminhos na noite quente.

Largada no banco reclinado, Isadora sacou com delicadeza a calcinha amarela, que jogou sobre o painel do carro; abriu as pernas desvendando, com o maravilhamento de um tesouro, a montanha sublime de pelos que lhe cobria o sexo; seus olhos extasiados como os meus, descobriram-me semidespido e chamaram-me a deitar sobre seu corpo nu.

Incrível *non-sense*. Depois de tantas limitações e impedimentos planejados tudo se rompia e chegávamos ao transbordamento, a que já poderíamos ter chegado muito tempo e muitas vezes antes. Os limites, agora transponíveis, eram apenas os do espaço interior do automóvel.

Fechei os olhos, umedeci os lábios e percebi o tempo parar, quase inexistir. Reclinando devagar meu corpo sobre o dela, senti-me no rumo definitivo da usina de sua libido.

Algo me conteve de repente. Abri os olhos e dei com os dela quase colados aos meus. Cintilantes, paradisíacos. Baixei o olhar lentamente para seus lábios desnudos, entreabertos, dentes que brilhavam; percorri seu pescoço que cheirava a erva-doce e topei com sua mão direita, que portava uma PT-58 colada em meu peito. Aparvalhei-me. As batidas de meu coração se aceleraram; ensaiei um recuo, uma retirada estratégica, mas seria difícil retomar o equilíbrio das coisas sem importunar sua mão armada. Não é o mal que arruína a Terra, é a fraqueza, sussurrou.

Eu buscava no peito uma palavra qualquer que me redimisse do absurdo, de todas as miragens tragicômicas das últimas semanas, quando um impacto pretejou meus olhos e me senti lançado no espaço. Uma sensação maravilhosa e a percepção do sangue brotando na camisa espantaram-me a consciência do que já não importava. O ar se adensava e os sons da rua pareciam agora reverberar. Tudo ganhava uma outra textura. As mãos de Isadora empurravam-me o corpo de volta a meu banco com facilidade. Alguma coisa vital corria o risco de transbordar para fora de mim como o conteúdo de uma garrafa aberta. Larguei-me no banco embasbacado e estático.

Com a tranquilidade dos que sabem, Isadora guardou a arma na bolsa, vestiu a calcinha, fechou-se no macacão, apanhou a microcâmara de vídeo afixada no teto do carro, abriu a porta, desceu, voltou-se para mim, seu marido, murmurando um mantra, benzeu meu corpo com um gesto de compaixão e saiu a pé pelo terreno escuro do *drive-in*.

Tentei gritar por socorro mas a voz não me atendeu. E já não tinha forças para evadir-me daquele trágico deserto.

Título	*Olhares Plausíveis*
Autor	Gregório Bacic
Editor	Plinio Martins Filho
Produção editorial	Aline Sato
Capa	Tomás Martins
Editoração eletrônica	Aline Sato
	Gustavo Marchetti
Revisão	Geraldo Gerson de Souza
Formato	14 x 21 cm
Tipologia	Minion
Papel de miolo	Pólen Soft 80 g
Papel de capa	Cartão Supremo 250 g
Número de páginas	104
Impressão e acabamento	Gráfica Vida e Consciência